오래된 세계의 농담

이다혜

오래된
세계의
농담

삶의 모퉁이를 돌 때 내게 다가와 주는 고전들

ORIGINALS

책이 인생을 바꿀 수 있다면

우리는 인생의 독서를 고전으로 시작한다. 아이를 품에 안고 어르며 재우며 들려주는 이야기는 하나같이 아주긴 시간 입에서 입으로 전해 내려온 것들이다. 심지어 도입부에서부터 "옛날 옛적에"라고 시작하며, 이 이야기가 아주오래되었음을 강조한다. 이야기를 말하고 듣는 일에서 시작된 집착적 애정은, 읽기를 익히면서 다른 형태를 띠게 된다. 이제 누군가의 목소리를 기다리지 않고, 내 안에서 스스로목소리를 만들어낼 수 있게 된다.

같은 이야기를 읽고 또 읽는다. 콩쥐는 밑 빠진 독에 물을 붓고 또 붓고, 빨간 모자는 할머니로 변장한 늑대의 말에 속고 또 속는다. 생각해보면 고전은 하나같이 〈세상에 이런 일이〉 같은 전개를 가진다. 우리는 그 덕에 잊지 않았고, 그 탓에 이야기에 중독되었다. 고전이 들려주는 고난과 고통을 배우고 감정이입하며 남의 일에 우는 법을 배웠다.

유년기 독서의 가장 큰 교훈은 권선징악이었다. 우리는 이 시기에 착하게 살면 하늘은 보답할 거라는 새빨간 거짓말을 배웠다. 동화의 시절을 벗어나면서 괴로운 이유 역시 거기 있었다. 선한 사람들도 고난을 겪고, 아무 죄 없는(죄지을 틈도 없었다!) 아이들이 죽으며, 누가 봐도 죄지은 사람들은 태평하게 장수한다. 그 사실 앞에서 착하게 살 필요 없다는 체념 혹은 각오가 마음속에 들어앉는다.

학교에서도 우리는 고전을 접한다. 학교에서는 동시대의 '현대' 예술보다 언제나 고전이 중요했다. "역사를 잊은 민족에게 미래는 없다"라는 말처럼, 과거(의 흐름)를 알지 못하면 눈앞의 것들을 이해하고 받아들이기 어렵다는 뜻에서였을 것이다. 이 시기에 배우는 몇 편의 시는 이후 우리가 한 행이나마 암송할 수 있는 유일한 운문으로 남는다. 역사의 수레바퀴 아래 삶을 배우고 나 자신이 세상 경험을 쌓으며 윤동주보다 더 나이든 어른이 되어 다시 읽으면, 그의 시가 더 슬프게 다가오기도 한다.

그 시기의 고전은 즐겨서는 안 되는 무언가였다. 문학, 음악, 미술 어느 분야의 고전이든 진지한 얼굴을 한 남자 작가들의 계보 속에 있었다. 점수를 제대로 받으려면 마음으로 읽어내려 해서는 안 된다. 질문은 적당히 삼켜야 한다. 교과서는 밑줄과 형광펜, 작은 글씨 메모로 가득 찬다. 이 표시들은 놀랍게도 앞으로 한평생 당신이 예술을 감상하는 데 크든 작든 영향을 줄 예정이다.

스스로 고전을 찾기 시작하는 그 순간, 당신의 삶은 어떤 의미에서 새로 시작하는 참일 것이다. 고전이라고 불리는 책에 관심이 가는 때는 대개 삶이 모퉁이에 서 있을 때다. 모퉁이 저편에 뭐가 있는지는 돌아봐야 알고, 걸어봐야 안다. 탐색하는 순간에 제대로 '돌아보고'도 싶고 '내다보고'도 싶다. 우리는 그런 순간에 고전을 찾는다. 시간을 이겨낸 생각을 필요로 한다는 자각이 우리를 읽게 만든다.

모든 분야에는 고전이 있다. 문학과 철학은 글을 읽을 줄 아는 나 자신이 소중하게 느껴지는 책의 보고다. 음악과 미술에 대한 책들은 보고 듣는 법을 갱신하게 한다. 자기계발 분야의 고전들은 노하우보다 태도를 알려주는 데 능하다. 그때도 옳았는데 지금도 옳은 무언가를 구하다 보면 당신은 당신이 되어간다.

같은 책을 읽은 사람들이 저마다 다른 사람으로 성장해간다. 그 와중에 가장 신기한 것은 고전이 이미 "다 말해두었다"라는 사실을 발견할 때다. 다 알고 있었다. 옛날 사람들은 다 알고 있었다. 그런데도 인류는 이 꼬락서니로 살고 있다. 나 역시 알고 있다고 아는 대로 살지는 않겠구나 하는 겸손한 깨달음만 남는다.

그 옛날 책에 이미 다 적혀있다는 말은 중요하고 재밌는 논리구조 역시 이미 충분히 개척되었다는 뜻이다. 두껍거나 어려워 보여서 읽기를 망설였던 고전을 읽으면서 "재밌다!"라는 감탄 역시 수시로 뒤따른다. 장 르누아르의 영화들을 영화관에서 처음 접하면서는 어둠 속에 앉아 '너무 재밌다, 너무 재밌어!' 하고 생각한 기억이 난다. 《참을 수 없는 존재의 가벼움》은 처음 읽었던 때 고전보다는 신간이었지만, 마지막 몇십 페이지를 남기고 잠을 청했다가 도저히 못 참고 새벽에 일어나 울면서 읽었다. 초등학교 때 차이콥스키를 듣다가 울었다는 내 이야기에 "초등학생 때라면 그럴 수 있지"라는 말을 듣고는 조금 부끄러웠는데, 솔직히 말하면 지금도 가끔은 눈물이 난다. 장자와 공자, 아리스토텔레스와 세네카는 죽을 때까지 다시 읽을 것이며 영원히 소중하다.

재미있어서 소중한 고전의 목록은 계속 이어진다. 마르그리트 유르스나르의 《하드리아누스 황제의 회상록》을 좋아하는 사람과는 친구가 될 수 있다. '변태력 대결'이라고 써붙이고 제인 오스틴의 《오만과 편견》과 에밀리 브론테의 《폭풍의 언덕》으로 수다를 떨 수 있는 사람이라면 한나절은 족히 즐겁게 대화할 수 있다. (영화도 잠깐 언급하자면 '시대의 비참'이라는 주제를 가지고는 레니 리펜슈탈을 소환할 것이며, 아녜스 바르다는 누구라도 좋아할 테니 아무에게나 권해볼 것이다.) 누군가가 베스트10을 물어본다면 나는 질문자를 원망한 다음(10편은 너무 적다) 밤을 새워 목록을 수정하고 수정해 답할 것이다.

고전에 대한 화두가 잘난 척, 배운 척으로 들린다는 사실은 알고 있다. 바로 그런 이유로 고전 감상을 시작하는 사람도 있다는 사실도 안다. 허영이면 어떤가, 그 안에 즐거움이 있는걸. 허영심이 없었다면 나는 고전소설을 읽기 위한 노력을 훨씬 덜 기울였으리라고 확신한다. 나는 고전을 읽을 때 가장 자주, 창작자의 삶이 얼마나 롤러코스터 같았는지 생각한다. 항상 좋았던 삶은 누구에게도 주어지지 않는다. 비참을 어떻게 받아들이느냐가 그 사람의 특징을 만들어낸다. '매일'이라는 물방울을 떨어뜨려 삶과 죽음이라는 거대한 돌덩이를 다스려보려 한 사람들을 보는 일이, 오늘의 나를 조금 더 잘 살게 한다. 정답이 없음을 알면서도 정답을 찾는 일을 포기하지 않는 자세가.

고전을 음미하는 또 하나의 방법은 '다시 읽기'다. 싫어했거나 이해하지 못했던 고전을 시간이 지나 다시 읽거나, 좋아해서 다 익숙하게 알고 있다고 생각한 고전을 다시 읽으면서 발견하는 것은 작품의 '새로운' 부분과 나 자신의 '달라짐'이다. 독서는 언제나 그 사이—작품과 독자—에서 새로워진다.

언젠가 '소설리스트'라는 사이트의 운영진이었던 적이 있다(찾아보니 2014년에 시작했다). 한국에서 좀처럼 다뤄지지 않던 해외 문학 리뷰를 주간 단위로 써보자는 시도였다. 소설가 김연수와 김중혁이 주축이 된 소모임에는 편집자 강윤정, 서평가 금정연, 일간지 기자 김슬기, 번역가 김현우, 번역가 박현주, 시인 장혜령(가나다순)이 함께했다. 순전히 자발적인 비영리 소모임이다 보니 느슨함을 추구했다. 가능한 만나지 않았고, 돌아가면서 사이트에 그 주의 해외 문학 신간에 대해 글을 썼다. 느슨함의 느슨함마저 지탱하기 어려울 정도로 각자의 생업이 바빠지면서 결국 모임은 해체되었지만 가끔은 열정적으로 이벤트를 기획하기도 했다. 한데 모여 밤새 책 읽기 행사(각자 들고 온 책을 알아서 조용히 읽으면 되는 자리로 절대 서로에게 말을 걸어서는 안 되며, 저녁식사 시간 즈음부터 다음날 첫차 시간까지 한 공간에서 책을 읽는 자리였다. 졸음을 쫓기 위해 중간중간 토크행사를 끼워 넣기도 했다)를 한 적도 있고, 아주 가끔 사이트에 알림창을 띄워 설문을 하기도 했다. 그날도 알림창을 띄우자는 내용으로 회의 비슷한 걸 하는 중이었다. 어떤 내용의 설문이 재미있을까 싶었는데 누군가 이렇게 말했다.

"사귀고 싶은 소설 주인공 어때요?"

오? 다들 좋다고 했다. 그냥 주관식으로 낼 것인가 객관식으로 선택하게 할 것인가를 고민하던 우리는 말을 할수록 수렁에 빠지는 느낌이었다. 객관식으로 만들려니 누구나 이름이나 성격을 알 법한 주인공이어야 했다. 그런 정도의 인지도를 가진 인물이려면 고전 속 주인공이어야 했는데, 솔직히 말해서 팔자 좋은 사람이어서는 고전의 주인공이 되지 못한다. 지금 와서 말하자면 웹소설 주인공이라면 사귀고 싶은 사람 10명 정도는 이 차가 식기 전에 댈 수도 있다. (하, 니들 제발 나랑 사귀어주었으면!) 하지만 그때는 2010년대 중반이라 웹소설이라는 단어조차 세상에 존재하지 않던 시절이었다.

고전소설을 중심으로 하는 순문학 주인공들을 떠올려보면 네가 죽나 내가 죽나 한번 해보자는 말밖에 떠오르지 않았다. 《폭풍의 언덕》의 히스클리프? 《채털리 부인의 연인》은 남편도 사냥터지기도 다 문제다. 말이 나온 김에 《삼국지》의 영웅들만 해도 그렇다. 난세의 영웅이 되느니 평화의 시기에 범부로 살아가는 편이 낫지 않겠냐 말이다. 솔직히 말하면 고전소설이 아니어도 많은 경우 아무래도 싫은 사람을 주인공으로 삼는다. 대중의 요구가 구체적이고 적극적이 된 대★ 댓글창의 시대에 와서야 '주인공은 무조건 호감형이어야 한다'는 명제가 당연한 것이 되었다.

(헛)웃음 속에 오간 그때의 대화를 종종 돌이켜본다. 고전소설의 주인공은 결코 최고의 배우자감은 아니다. 다

만 '살아간다'는 수수께끼 같은 일을 하나의 전형으로 살아 본 사람들일 뿐이다. 그들은 작가의 생각 속에서 만들어진 존재들이지만, 때로 이야기는 삶보다 커서, 우리는 삶의 거대한 국면들을 이해하기 위해 고전을 떠올린다. 죄와 죄의식을 논하기 위해 맥베스나 라스콜니코프를, 욕망의 부질없음과 그럼에도 불구하고 찬란했던 한순간의 경이를 말하기 위해 안나 카레니나 또는 제이 개츠비를 이야기한다. 혹은 어떤 인물은 그렇게 말해선 안 된다는 사례가 되기도 한다.

어느 날 문득, 어디로 가는지 알 수 없다는 막막함에 숨죽일 때가 있다. 늦은 오후 노을에 젖은 하늘을 날아가는 비행기를 보다가, 내일 할 일을 하나씩 적다가, 부은 얼굴을 가라앉힐 새도 없이 커피를 포션처럼 몸에 들이붓다가, 불현듯 '이래도 되는 걸까' 생각하는 날이 있다. 책을 읽으면 부자가 된다든가 하는 말에 혹한 적도 있다. 가볍게 팔랑이며 휩쓸리는 마음은 부질없게도 '남'을 향한다. '나'에 집중하는 일은 고독하고 반추적이 되곤 한다. 이쪽에도 저쪽에도 마음을 둘 수 없을 때, 생각에 무게추를 다는 기분으로 책을 읽는다. 그럴 땐 오래된 책일수록 좋다. 최소한 10년은

된 책, 때로는 2천 년도 더 된 책.

긴 시간 수많은 승객이 지나친(내리지 않고 그저 지나기만 한 승객이 훨씬 많은) 오래된 기차역 같은 책들 앞에서, 나는 지나가는 여행자가 된다. 그 역에서만 볼 수 있는 전망에 마음을 잠시 빼앗기고, 이름 붙여본 적 없는 무언가가 조금은 채워진 채 나는 다음 기차에 올라 다음 역으로 떠난다.

그 자리에 서야만 볼 수 있는 풍경이 있다.

고전의 여러 우스운 정의 중에, "사람들이 '다시' 읽는다고 말하는 책"이라는 게 있다. 워낙 유명한 책들이기 때문에 안 읽었음을 고백하는 대신 '다시' 읽는다고 말한다는 뜻이다. 처음 읽든 다시 읽든, 당신은 지금까지의 생을 다해(그 책이 태어나고 만난 수많은 독자와는 다른 방식으로) 이 책에 연결된다. 긴 시간이 흐른 어느 날, 또다시 연결될 것이다. 당신은 정말로 그 책을 '다시' 읽게 되고, 처음 읽는 기분에 휩싸일 것이다. 이것이 바로 고전을 읽는 맛이다. 몇 번을 파고들어도 새롭게 발견된다.

시차를 두고 읽고 또 읽는 책들에 대해 이야기하고 싶다. 내가 몇 번이고 돌아가고 싶었던 기차역의 풍경을 당신에게도 보여주고 싶다. 나는 지치지 않고 언제고 다음 역으로 떠난다. 언젠가 그렇게 들른 역에서 당신을 만나고 싶다.

+

책을 읽으며 함께 들으면 좋을 곡들을 함께 선곡해 소개한다. 영화나 다른 책이 언급될 수도 있을 것 같다. 이야기들이, 주인공들이, 읽는 당신이 자유롭게 연결되고 뻗어가기를 바라며.

차례

1.

일상에 치일 때

가만히

일상에 잉크 한 방울
떨어뜨리듯

《베갯머리 서책》

세이쇼나곤

정순분 옮김, 지식을만드는지식, 2015

＊

　글이 잘 읽히지 않을 때가 있다. 삶에 치일 때 흔히 그렇게 된다. 눈으로 글을 따라가면서도 머릿속으로는 다른 생각을 한다. 무슨 생각을 하는지는 중요하지 않다. 생각은 끝없이 타래를 이어가며 어디론가 흘러간다. 뭘 읽었는지 기억이 나지 않아 다시 읽고, 또 다시 읽곤 한다. 다시 읽어도 머릿속은 여전히 엉망진창이다. 그럴 때는 응급처방이 필요해진다.

　독서인의 응급처방에는 맞춤한 책이 필요하다. 생각을 멈출 수 있는 책이면서도, 동시에 생각에 잠길 수 있도록 적당히 오솔길이 난 책이어야 한다. 신중하게 책을 골라 침대 옆 협탁에 얹어놓고, 자기 전에 한두 페이지를 읽는다. 운이 좋다면, 책은 좋은 꿈이 되어줄 것이다. 그렇게 아껴가며 읽고 또 읽는 나의 최애 동양고전은 세이쇼나곤의 《베갯머리 서책》이다. 책은 이렇게 시작한다.

봄은 동틀 무렵. 산 능선이 점점 하얗게 변하면서 조금씩 밝아지고, 그 위로 보랏빛 구름이 가늘게 떠 있는 풍경이 멋있다.

_1단, '사계절의 멋' 중에서

한 페이지씩 머무는 눈길

이 책은 주제어를 고른 뒤 관련한 상념을 풀어내는 식으로 쓰였다. 워낙 오래전의 책인 데다가 헤이안 시대 궁중 문화가 담겨있다 보니, 주석을 읽지 않고는 그 뜻을 헤아리기 어려울 때가 종종 있다. 그럼에도 살살 빗질하듯 한 페이지씩 눈길을 주게 되는데, 절묘하게 웃음이 나는 대목들을 만날 수 있어 특히 반가운 마음이 든다. 81단의 '어머나 안됐어라 - 동정심을 자극하는 것'에는 딱 한 줄이 적혀있다.

"콧물을 계속 닦으면서 뭔가를 말하려고 애쓰는 것. 눈썹 뽑을 때의 얼굴 표정."

콧물을 닦고 나서 상대가 말할 겨를도 없이 계속 말을 이어가는 사람을 볼 때의 측은지심이 있다. 이 이야기가 그만큼 급해서일 것이다. 콧물을 닦으며 계속 말하는 상황 중 하나는 그 사람이 울고 있을 때다. 눈물을 흘리고 콧물을 닦으면서 말을 이어가는 모습을 볼 때면 당장 가서 안아주고 싶은 기분에 휩싸이곤 한다. 이런 상념이 뻗어 나가는 걸 즐기는 게 이 책의 묘미다.

《베갯머리 서책》이라는 슴슴한 제목의 이 책은 수필집이다. 머리맡에 두고 읽는 비망록을 뜻한다는 설도 있고, 남에게 보이기 위한 글이 아닌 개인적인 글을 뜻한다는 설도 있다. 일본 수필문학의 효시로 꼽히는 《베갯머리 서책》에는 사물을 나열하며 사색을 이어가는 글과 일상 혹은 사계절의 자연을 빌어 떠오르는 생각을 담은 글, 궁중 생활을 회상한 글이 실려 있다.

그렇다, 궁중 생활. 저자인 세이쇼나곤은 966년경(964년 설도 있다) 태어나 헤이안 시대를 살았던 귀족 여성이었다. 남성 중심의 사회에서 이치조 천황의 중궁이었던 데이시 밑에서 문예를 이끌었던 인물이 바로 세이쇼나곤이었다. 그 시대 드물게 출사한 여성이었던 셈이다. 중궁에게 하사받은 좋은 종이에 자신이 보고 들은 것을 자유롭게 쓴 글이 이 책이 되었다.

눈 앞에 그려지는 장면들

《베갯머리 서책》은 많은 경우 '장면'을 우리 앞에 펼쳐 놓는다. 꽃이 피고 나무가 무성해지는 일, 바람이 불고 눈이 내리는 일을 문장으로 그려낼 때 각별한 아름다움이 있다. 어디까지나 수필이기 때문에 시와는 또 다르다. 어떤 의미에서는 '좋아요'를 눌러놓은 페이지를 보는 것 같기도 하다. 146단의 제목은 '앙증맞아 - 귀여운 것'인데, "참외에 그린 아기 얼굴. 쭈쭈쭈쭈 하고 부르면 팔짝팔짝 뛰어오는 새끼 참새. 두세 살짜리 아기가 막 기어오다가 티끌 하나를 발견하고 조그만 손가락으로 집어서 어른한테 보여주는 것"으로 시작해서 "장난감 인형. 연못에서 건져 올린 작은 연꽃잎, 족두리풀 잎사귀 등과 같이 작은 것은 뭐든지 다 귀엽고 예쁘다"라고 끝맺는다. 천 년 전 인스타그램 같다. 마음을 건드린 순간들을 모아두었으니까.

그런 이유로, 나는 이 책의 120단 '마음이 불안불안 - 마음이 안 놓이는 것'을 발췌해 글쓰기 수업의 교보재로 자주 사용한다. 이 글을 이용해 과제를 내는 것이다. 이 글의 첫 단락을 인용해보겠다.

남자의 마음속. 한밤중에 안 자고 깨어 있는 스님. 어둠 속에 몸을 숨기고 이쪽을 살피는 좀도둑. 또 어둠을 틈타 아무도 모르게 남의 물건을 슬쩍하는 사람. 이런 사람도 좀도둑이라고 할 수 있겠다.

_120단, '마음이 불안불안 – 마음이 안 놓이는 것' 중에서

본문에는 이 단락 이후에 각 항목을 더 자세하게 풀이해두었지만, 나의 글쓰기 수업에서는 자신만의 첫 단락을 만들어오는 것이 과제가 된다. 일상적이되 글 쓰는 사람의 경험이나 관점이 잘 드러나면 좋고, 같은 경험을 하지 않은 사람이 읽어도 그 '불안과 초조'를 이해할 수 있으면 충분하다.

연령대에 따라 '인기 있는 불안'은 달라진다. 십 대의 글짓기 수업에서는 성적표나 시험 전날 밤 같은 단어가 단연 자주 보인다. 이십 대의 글쓰기에서는 취업과 관련한 여러 가지에 더해 사랑과 관련된 기억이 자주 불려 나온다. '내가 보낸 카톡에 1이 없어졌지만, 답이 오지 않는 밤. 나는 연락받은 적 없는 친구들의 모임 사진을 인스타그램 스토리에서 보는 밤.' 그렇다. 불안처럼 새벽을 사랑하는 감정은 없다.

학부모의 불안은 십 대의 거울상이라, 역시 성적표가 언급된다. 시험 역시 빠지지 않는다. 엄마, 아빠의 '불안'은 수능 당일, 아이가 인사하고 들어간 학교 문 앞에서 좀처럼 떠나지 못할 때 잊을 수 없는 것이 된다. 50대 이상의 글쓰기에서 불안은 주로 건강검진 결과를 기다릴 때 언급된다.

한편 이 책에는 불편하게 읽게 되는 대목도 있다. 지나치게 필터 없이 솔직하고, 어찌나 계급사회의 일원으로 좋은 것만을 누리며 살아왔는지가 고스란히 묻어나기 때문이다. 예컨대 '부조화 - 어울리지 않는 것'이라는 글에는 "천한 것들 집 지붕에 흰 눈이 소복이 쌓인 것"이라고 적었다. 흰 눈이 세상을 덮으면 귀천이 다 같은 흰색으로 덮여 구분되지 않아 그저 모두 아름답고 고귀하다고 생각할 수도 있으련만 세이쇼나곤은 그와 반대 방향으로 시상을 펼쳐낸다. 옛날 책을 읽는다는 건 이런 난감함과 마주할 때가 많다는 뜻이기도 하다. 계급이 있는 사회가 '당연한' 시대의 사람이 '내려다보는' 시선에 섞인 경멸을, 21세기를 살아가는 나 자신이 정면으로 받아내는 일.

잘 알지 못하더라도

솔직히 말하면 《베갯머리 서책》은 자주 흥미롭지만, 그보다 더 자주 무슨 말인지 알 수 없는 책이다. 헤이안 시대의 예술과 문화에 대해 내가 잘 알지 못하기 때문이다. 소설이라면 이야기를 따라간다 쳐도(《겐지 모노가타리》가 같은 나라 같은 시대를 산 여성 작가 무라사키시키부의 소설이다) 일상의 느낌이 생생한 수필에는 수없이 많은 주석이 필요하다. '폭풍 불상운'이니 '난종 소리'니 하는 획수 많은 한자가 따라붙은 표현들이 대표적이다. 그래서 읽을 때 매 단마다 붙어있는 '해제'가 큰 도움이 된다.

예를 들어, '성수동의 팝업'이라는 표현에서 당신은 힙한 느낌과 줄을 길게 늘어선 사람들과 부수고 다시 채우는 바람에 쓰레기가 많이 생기는 상황을 두루 연상할 수 있겠지만, 천 년 뒤의 누군가가 같은 표현을 마주한다면 아무래도 어리둥절해할 것이다. 소설이라면 맥락을 통해 이해할 수 있는 단서가 더 폭넓게 주어지지만(심지어 실재하지 않는 지명도 수없이 등장하지만 상상하고 빠져드는 데는 문제가 없다) 에세이는 고유명사의 선택 자체가 필자의 감각을 드러내는 주요한 도구가 되기 때문에 저자의 시대적 사회적 '맥락'에서 멀어질수록 이해하기 어려운 대목들이 생겨나곤 한다.

사실 그런 이유로, 너무 유행에 천착하는 표현이나 고유명사는 글에 쓰지 않는 편이 좋다. 글의 수명이 그만큼 짧아지기 때문이다. 유행이 지난 유행어를 "요즘 사람들은"이라며 인용하는 부장님을 볼 때의 안타까움을 떠올려보시길. 《베갯머리 서책》에 브랜드가 언급되는 것이 아님에도 이해하기 어려운 대목이 생긴다는 뜻이다.

읽다 보면 "저기요" 하고 작가에게 항의하고 싶은 대목들을 만나게 된다 해도, "저기요" 하고 설명을 좀 더 길게 해주면 그걸로 대화를 이어가보자고 제안하고 싶은 부분들이 제법 있다. 주기도문 식으로 말하자면 "처음과 같이 이제와 항상 영원히" 아름다운 장면들은 《베갯머리 서책》을 다시 펼치게 만든다. 218단 '달빛 아래'는 마치 ASMR 같은 글이다.

달 밝은 밤에 강을 건너면 소가 걸음을 옮길 때마다 마

치 수정이 부서지듯 물방울이 튀기는데, 그 광경은 정말
이지 근사하다.

_218단, '달빛 아래' 중에서

함께하면 좋은 것들
─────────────

음악 - W.볼콤의 〈우아한 유령Graceful Ghost〉

유튜브에는 피아니스트 손열음이 연주하는 〈우아한 유령〉 1시간 연
속 재생, 12가지 이조(키를 바꿔 연주하는) 버전의 50분 연속 재생,
마르크-앙드레 아믈랭이 연주하는 〈우아한 유령〉 1시간 연속 재생
이 있다. 어느 것을 들어도 좋다. 우아한 유령이 된 기분으로 천 년
전 수필을 읽을 수 있다.

노래가 되는
말들

《절망이 벤치에 앉아 있다》

자크 프레베르

김화영 옮김, 민음사, 2017

＊

　　나의 인스타그램 계정은 'alicante'다. 트위터 계정은 그
변형인 'd_alicante'다. 스페인의 '알리칸테'라는 지명에서
따왔지만 나는 그곳에 가본 적이 없다. 그럼에도 불구하고
'알리칸테'라는 말맛 좋은 이 단어를 은은하게 사랑하는데,
그 이유는 바로 자크 프레베르의 시 〈알리칸테〉 때문이다.

　　　탁자 위에 오렌지 한 개
　　　양탄자 위에 너의 옷
　　　내 침대 속에 너
　　　지금의 감미로운 선물
　　　밤의 신선함
　　　내 삶의 따뜻함

　　프랑스 문학 시간에 배웠는지 프랑스어 회화 시간에 배
웠는지는 잘 기억나지 않는다. 어느 쪽이 됐든, 이 시를 프랑스

어로 처음 들은 순간 사랑하게 되었다. 프랑스어로는 이렇다.

Une orange sur la table

Ta robe sur le tapis

Et toi dans mon lit

Doux présent du présent

Fraîcheur de la nuit

Chaleur de ma vie.

양탄자tapis와 침대lit는 [따삐]와 [리]로 발음되고, '선물'과 '현재'라는 뜻을 모두 가진 'présent'이 반복되며, 신선함Fraîcheur [프레셰르]과 따뜻함Chaleur [샬레르] 역시 압운을 이룬다. (더 찾아낼 수도 있다. 밤nuit [뉘]과 삶vie [비] 역시 그러하니까.) 몇 글자 되지도 않는데! 이 몇 행의 시를 노래 부르듯 읽게 된다.

무엇보다도 이 시는 시각적이다. 마치 한 편의 영화를 보는 것 같다. 카메라는 탁자 위의 오렌지를 응시하다가 천천히 양탄자 위를 비춘다. 양탄자 위에 흐트러진 옷이 보인다. 침대에 누운 사람의 표정은 부드럽고, 아마도 열린 창밖으로 선선한 바람이 불어드는 듯하다. 그리고 마지막 행의 '내 삶의 따뜻함'처럼, 침대 속 '당신'의 몸이 따뜻하게 내게 맞닿아있을 것이다.

영화 같고 노래 같고 그래서 내 마음 같은

자크 프레베르의 시를 배울 때 음악성과 시각성에 대해 여러 번 강조해 배웠다. 우연은 아닐 것이다. 그는 〈천국의 아이들〉을 포함한 마르셀 카르네 영화 몇 편의 각본을 썼고, 그의 시는 곧 노랫말이 되었다. 특히 배우이자 가수였던 이브 몽탕이 부른 〈고엽〉이라는 노래의 노랫말이 자크 프레베르의 시 〈Les Feuilles Mortes〉에서 왔다. 한국에도 잘 알려진 샹송이다.

게다가 자크 프레베르의 시는 '쉽다'. 보이는 대로 보고 느끼는 대로 느끼는 일이 어렵지 않다. '단순한' 단어로만 이루어진 시다. 제2외국어로 프랑스어를 배워본 사람이라면 한 번쯤 자크 프레베르의 시를 읽어볼 만하다. 그래서 자크 프레베르는 '대중적'이라는 평을 많이 듣는다.

민음사 세계시인선 리뉴얼판 27권으로 간행된 《절망이 벤치에 앉아 있다》는 '말'이라는 뜻의 《Parole》이라는 시집에서 김화영 번역가가 선택 번역한 책이다. 《말》은 1946년 출간 당시 센세이션을 불러일으켰다고 한다. 시인됨을 자처한 적 없이 그저 글을 쓰고 싶을 때마다 여기저기 15년여간 기고해온 작품을 묶은 이 책은 출간과 동시에 폭발적인 인기를 끌었다. 몇 주 만에 초판 5000부가 다 팔렸는데, 당시 시집으로는 이례적인 일이었다.

당신이 안다고 생각하는 그것

〈아침 식사〉는 제목 그대로 어느 아침 식사 풍경을 담았다. 남자가 잔에 커피를 따르고, 우유를 조금 부은 뒤 설탕을 탄다. 숟가락으로 커피를 저은 뒤 마신다. 잔을 내려놓고 담배에 불을 붙인다. 아무 말 없이, 그는 일어나 모자를 쓰고 비옷을 입는다. 그리고 빗속으로 사라진다. 말 한마디 없이. 마지막 문장에서 시의 화자는 두 손에 얼굴을 묻고 울고 만다. 적막 속에서 행동만이 이어진다. 사연은 알 수 없어도 상황은 알 수 있다.

《절망이 벤치에 앉아 있다》 또한 그렇다. 작은 광장에 평범한 벤치가 있다. 한 사람이 거기 앉아 있다. 당신은 그 곁에 앉는다. 꼼짝 못 하고 당신이 그 자리에 앉아 있는 동안 옆에서는 아이들이 놀고 행인들이 지나가고 새들은 이 나무에서 저 나무로 날아다닌다. 이 시는 그 장면에서 "당신은 거기 벤치에 가만히 앉아 있다"라고 하고는 갑작스럽게 도약한다. "당신은 안다"라는 문장이 여상하게 두 번 반복되고서다.

(전략)
당신은 안다 당신은 안다
이제 다시는 저 아이들처럼
놀 수 없음을
이제 다시는 저 행인들처럼
조용히 지나갈 수 없음을
당신은 안다
이제 다시는 저 새들처럼
이 나무에서 저 나무로 날아갈 수 없음을

당신은 안다.

'무엇을' 아는지 이 시는 이야기하지 않는다. 왜냐하면 그것은 이미 읽는 사람이 생각하고 있는 '그것'이기 때문이다. 당신이 안다고 생각하는 그것. 당신이 날 수 없는 이유, 조용히 지나칠 수 없는 이유, 무람없이 놀 수 없는 이유, 바로 그것. 막막함이 묵직한 추처럼 마음을 가라앉힌다.

읽기만 해도 기분이 좋아지는 감각

'대중적'이라고 불리는 예술작품들이 있다. 인기 있는, 흔히 말해 '잘 팔리는' 작품들일수록 설핏 비아냥이 섞인 '대중적'이라는 꼬리표가 따라붙곤 한다. '통속적'이라는 말과 혼용되어 쓰이기도 하는데, 비평가들에게는 좋은 평가를 받기 어려울 때도 많다. 고전에 관심 있는 독자들 역시 그럴 것이다. 그때도 지금도 미래에도 아름다울 불변의 가치를 지녔다고 신뢰를 받는 작품들을 효율적으로 경험하고 싶을 테니까. 고전 중에는 당대에 가장 인기 있던 예술작품이었던 경우가 적지 않기도 하지만, 감히 주장해보자면, 당대의 대중에 적중했던 감각이 후대의 사람들에게 여전히 영향을 미칠 수 있다는 사실 자체가 그 작품의 힘을 말해주는 것 아닐까.

자크 프레베르는 살면서 누구나 한 번쯤 해보는 생각을 범상한 단어들에 실어 잊지 못하는 형태로 만들어낸다. 〈알리칸테〉를 처음 읽었을 때, 혀끝에서 터지는 우렌지의 향과 카메라가 움직이듯 눈앞에 펼쳐지는 영상과 따뜻하게 맞닿은 체온의 온기에 기분이 좋아졌다. 알리칸테에 가고 싶다면 언제든 이 시를 소리 내어 읽어보면 된다. 몇 줄의 글, 그게 마법의 전부다.

함께하면 좋은 것들
────────────────

영화 - 에릭 로메르의 〈녹색 광선〉

에릭 로메르의 영화 〈녹색 광선〉은 휴가철을 무대로 하는 소동극이다. 헛발질하는 낭만의 운명이 관객을 예상치 못한 곳으로 데려간다. 아니, 어쩌면 당신이 예상한 바로 그 결말일지도. 어느 쪽이든, 마지막 순간 녹색 광선의 마법은 우리와 함께한다. 그 빛을 목격하는 것만으로도 무언가 좋은 일이 벌어질지도 모르겠다.

호숫가 작은 오두막에
어서 오세요

《월든》

헨리 데이비드 소로
김석희 옮김, 열림원, 2017

＊

고전은 읽히기보다는 숭배되는 책이다. 그래서 고전 독서는 종종 파편화된다. 예를 들어 첫 문장이 유명한 책이 그렇다. 제이 오스틴이 쓴 《오만과 편견》은 이렇게 시작한다. "부유한 독신 남성에게 아내가 필요하다는 것은 누구나 인정하는 진리이다." 허먼 멜빌이 쓴 《모비 딕》의 첫 문장은 "내 이름은 이슈마엘.", 레프 톨스토이가 쓴 《안나 카레니나》의 첫 문장은 "행복한 가정은 서로 닮았지만, 불행한 가정은 모두 저마다의 이유로 불행하다."이다. 헨리 데이비드 소로의 《월든》은 첫 문장으로 유명한 책은 아니지만 점점 복잡해지는 현대사회에서도 여전히 유효한 대목이 있다. 나는 이 대목에 밑줄을 긋고, 종종 다시 들여다본다.

간소하게, 간소하게, 간소하게! 일을 백 가지나 천 가지가 아니라 두세 가지로 줄이도록 하자.

미니멀리즘이라는 말이 유행하기 한참 전, 소로는 자연으로 돌아가 간소하게 사는 삶을 '살았고' 그 내용을 글로 썼다. 〈나는 자연인이다〉의 원조라고도 말할 수 있겠다. 현실과 동떨어진 전원생활에 대한 환상을 키우게 하는 《월든》이 가장 홀리는 지점은, 다른 사람들과 함께 사는 복잡함과 책임감에서 벗어나고 싶은 마음을 부추긴다는 것이다.

인간다운 삶을 찾고 싶었던 사람

소로는 1817년 7월 2일, 미국 매사추세츠주 콩코드에서 태어났다. 하버드대학을 졸업한 후 모교에서 교사로 잠시 일했지만 체벌을 강제하는 학교 방침에 반발해 그만뒀다. 사설 학교를 잠시나마 함께 운영했던 형의 죽음 이후 소로는 사람들이 삶의 본질을 보지 못하며 살고 있다고, 인간다운 관계를 유지할 여유도 없이 불필요한 노동에 시달린다고 생각했다. 소로는 문명사회로부터 벗어나 이웃 하나없는 숲속 월든 호숫가에 직접 오두막을 지었다. 그곳에서 그는 2년 2개월 2일을 살았다. 그 삶의 기록이 《월든》이다.

삶이 복잡할수록 수행해야 할 일이 많다고 생각한 소로는, 자유로이 살기 위해서는 검박해야 한다고 믿었다. 그런 생각이야 당신도 할 수 있고 나도 할 수 있지만, 소로는 그 삶을 실천했다. 그는 독서하고 글 쓰는 삶을 살면서 연필 제조부터 목공, 석공, 조경, 강연에 이르는 다양한 일을 시간제로 했다. 이 중 글쓰기는 가장 돈이 되지 않는 일이었다. 소로는 하버드를 졸업했던 때부터 1862년 마흔네 살의 나이로 세상을 떠나기 직전까지 일기를 썼다.

소로는 콩코드 마을 사람들의 속물적인 삶을 비판적으로 바라보았는데, 마을 사람들은 그가 우유부단하게 살고 있다고 생각했다는 점도 재미있다. 오늘날 소로는 생태계 보존에 관심을 둔 환경보호주의자로 꼽히지만 그 당시에는 그런 인식이 없었다. 그뿐만 아니라 소로도 다소간은 문제적이었는데, 어느 날 잡은 물고기를 요리하기 위해 불을 지피다가 주변의 잡목을 제거하지 않아 콩코드 삼림을 태운 부주의한 사람으로 악명이 높았기 때문이다. 심지어 이에 대한 사과도 하지 않았기 때문에 평판이 좋을 리 없었다.

소로는 자기 통제에 집착적이고, 자기애가 강한 사람이

었다. 그럼에도 소로와 두터운 친분을 유지한 주민이 한 사람 있었다. 바로 철학자이자 시인이었던 랄프 왈도 에머슨이었다. 에머슨은 젊은 소로를 초월주의와 글쓰기로 안내했다. 무엇보다도 소로가 1845년 7월 4일 살러 간 연못가 땅을 빌려주었다. 그래서 그가 소로의 장례식에서 "저항할 때만 자신이 살아 있다고 느끼는 듯했다"라고 한 말은 의미심장하게 들린다.

오로지 나 자신에 충만한 시간

오두막에서 자발적으로 고립되어 나 자신에 충만한 시간을 보내는 것에 대한 환상을 뜻하는 '오두막 포르노'라는 용어가 있다. 심지어 관련한 책도 한국에 출간되었는데, 한국어판 제목이 《캐빈 폰》이다. 농담 반 진담 반으로 말하면 이 장르의 원조가 《월든》이다. 이 책의 영어판에 실린 부제는 '다른 어딘가에 있는 당신의 고요한 장소에 대한 영감 Inspiration for Your Quiet Place Somewhere'이다. 핵심은 '다른 어딘가'다. 여기가 아니어야 고생도 즐거움이 되니까. 그렇기에 소로와 《월든》을 믿고 읽는 이유는 이 책이 주말 별장 휴가나 '한 달 살이'의 결과물이 아니라는 데 있다. 그는 집을 직접 지었다. (거의 고립된) 독립된 삶을 위해 돈 문제가 중요하다는 걸 알았던 만큼, 이 책의 첫 번째 챕터가 바로 '경제생활'이다.

소로는 최소한의 것들로 살았다. 음식이나 생활에 필요한 물건은 말할 것도 없이, 친구, 가족, 공동체처럼 마음과 정신을 지탱하는 것들 역시 거의 없이 살았다. 숲에서 처음 여름을 맞이했던 때에는 독서도 거의 하지 못했다. 콩밭을 가꾸느라 바빴기 때문이다. "지금 이 순간의 아름다움을, 머리로 하는 일이든 손으로 하는 일이든 무슨 일을 하면서 희생하고 싶지 않을 때가 있었다." 옥수수가 밤새 자라듯 성장하는 시간이었다고 그는 술회한다. 순수한 삶, 삶의 순수함에 집중하기 위해 소로는 금욕했다. 보는 눈 없는 자연 속에서 속박되지 않는 게 아니라 그 자신의 시선 아래 놓여 철저히 금욕했다. 소로는 물을 제외한 거의 모든 음료에 비판적이었다. 커피조차 그에겐 불필요한 쾌락적 도구였다.

한잔의 따뜻한 커피로 아침의 희망을 꺾어버리거나 한잔

의 차로 저녁의 희망을 부숴버릴 수도 있다는 것을 생각해보라. 그런 음료의 유혹에 빠지면 얼마나 낮은 곳으로 추락하겠는가! 심지어 음악도 사람을 취하게 한다.

바깥의 소란과 안의 적막함

─────────────

나는 절규한다. 커피와 음악이 없이 어떻게 대도시의 근로자로 살아갈 수 있단 말인가? 나는 지금도 한국인의 영혼의 음료인 아이스 아메리카노를 마시며 이 글을 쓰고 있다. 그렇다. 바로 그런 이유로 소로는 그 모든 것으로부터 멀리, 멀리, 아주 멀리 떠나야 했던 것이다. 그러니 《월든》을 읽는다는 것은, 내가 이루지 못한 자연에 대한 모든 소망을 간접적으로 실현한다는 뜻이다. 검박함 속에서도 풍요로울 수 있음에 경탄한다.

여기에는 사람이 필요 없다. 현대사회를 잘 살아가는 법을 다루는 수많은 자기계발서와 쇼츠 영상이 당신의 눈길을 잡아끌기 위해 사용하는 문장들을 떠올려보라. 어떻게 손절할 사람을 알아보는지, 어떻게 우아한 삶의 태도를 가질 수 있는지, 어떻게 좋은 사람과 어울릴 수 있거나 혹은 그런 사람으로 보일 수 있는지 알아보는 법에 대한 수많은 조언들. 하지만 이 책은 상승이 아닌 침잠을 말한다. 《월든》의 가장 유명한 문장 중 하나인 "대부분의 사람들은 절망의 삶을 묵묵히 살아가고 있다"는 그 해결책으로 "절망의 도시를 떠나 절망의 시골로" 들어갈 것을 권한다. 그는 낙원이 있다고 주장하지 않는다.

하지만 알려진 바에 따르면 1845년 월든 호숫가는 그렇게까지 외딴 곳은 아니었다. 보스턴으로 이어지는 통근 열차는 그 연못의 남서쪽을 따라 달렸고, 여름에는 피크닉을 즐기는 사람들과 수영하는 사람들로 북적였으며, 겨울에는 얼음 채취꾼들과 스케이트 타는 사람들이 자주 찾았다. 소로는 오두막에서 가족들이 사는 콩코드의 집까지 20분이면 걸어갈 수 있었다. 그 길을 일주일에 몇 번씩 걸어 어머니의 쿠키를 얻거나 친구들과 저녁 식사를 했다. 이런 건 《월든》에서 거의 언급하지 않았고, 역설적으로 그 점이 우리를 《월든》에 붙박히게 한다. 인공적일 정도의 적막함이.

인스타그램으로 집 안 사진을 찍을 때 프레임 바깥의 어지러움이 나오지 않게 조정하는 것처럼, 소로 역시 그랬다. 이 바깥의 소란을 알아도, 그 안의 적막함에 시선을 빼앗긴다.

함께하면 좋은 것들

행동 - 조용한 산책

함께 들을 음악을 골라보려 했지만, 무엇을 선곡해도 무덤 속 소로가 화를 내며 돌아누울 것 같아서 포기했다. 숲을 즐기는 최고의 방법은 귀에 아무것도 꽂지 않고 새가 지저귀는 소리를 하염없이 듣는 것이기도 하고. 음료는 생수로 충분하다. 그리고 밤에 길고 아름다운 꿈을 꾸면 더할 나위 없이 좋겠다.

감기 기운이 지독할 때
먹는 흰죽

《끝과 시작》

비스와바 쉼보르스카

최성은 옮김, 문학과지성사, 2016

✳

　책에 대해 읽고 쓰고 말하는 일을 하다 보면 '인생 책'
이 무엇이냐는 질문을 자주 받는다. 내가 기자로 일하는 영
화잡지에도 '내 인생의 영화'라는 코너가 10년 넘게 있었다.
'내 인생의 영화'는 2005년에 단행본으로도 출간되었는데,
한강 작가는 〈현 위의 인생〉을, 유시민 작가는 〈매디슨 카운
티의 다리〉를, 손석희 앵커는 〈알 파치노의 뜨거운 오후〉를
골라 썼다.

　이런 리스트와 추천은 나도 어김없이 눈여겨보는 편이
다. 하지만 세상에는 '진짜' 좋아하는 무언가에 대해서 열심
히 말하는 사람이 있고 말하는 걸 좋아하지 않는 사람이
있다. 사실 나도 '좋아하지 않는' 쪽이어서, 좋아하는 마음
이 클수록 말하기가 꺼려진다. 사람이나 장소, 여행지에 대
해서도 좋아하면 좋아할수록 SNS를 비롯한 어디에도 말하
지 않는 걸 보면 성격인 것 같다. 비뚤어진 성격…

이사를 하며 남게 되는 책들

───────────────

어떤 책이 내게 중요한가를 진지하게 생각해보게 된 계기는 이사였다. 가족과 함께 살며 모든 방과 거실에 책장을 두고, 책을 쌓을 수 있는 모든 곳에 잔뜩 책기둥을 만들며 지내다가 혼자 살게 된 것이다. 작고 귀여운 예산을 들고 집을 보러 다니다 보니, '책을 위한 방을 만들 것인가'의 문제에 봉착했다. 처음엔 서재를 따로 둘 생각으로 집을 보러 다녔는데, 있는 책을 다 넣을 수 있는 방을 구하기에는 예산이 너무 적었다. '적당한' 서재-작업실이 될 법한 방이 있는 집도 찾아내기는 했는데, 그만한 크기의 방이 있는 것 치고는 좋은 가격이었으나 그에 걸맞게 집에 해가 들지 않았다. 책에는 좋겠지만 사람에게는 이상적인 환경이 아니었다.

결국 나는 책을 정리하기로 했다. 가지고 있던 책의 1/20 정도로. 사실 이 결정을 하기까지는 몇 차례 유품 정리를 해본 경험이 가장 큰 이유가 되었다. 그게 벌써 10년도 더 전의 일이고, 나는 그새 이사를 두 번 더 하면서 책 정리는 매번 파격적으로 진행했다. 남에게 주거나 도서관에 기증하거나 버린다. 기준은 간단하다. 4~5번 이상 읽은 책만

남길 것. 그렇게 하면 큰 책장 기준 4개 정도의 책이 남는 데, 이사할 때는 바닥에 쌓인 책기둥을 전부 없앤다. 사놓고 못 읽은 책을 벼락치기로 읽는 시기이기도 하고, 못 읽을 책을 포기하는 시기이기도 하다. 4~5번 이상 읽은 책이 아니어도 절판된 책은 살아남는다. 4~5번 이상 읽은 책이어도 다시 구입이 가능한 책은 처분한다. 언젠가는 재활용쓰레기 버리는 날에 내놓으려고 장바구니 가득 담아둔 책을 동네 마트 배달 온 분이 가져가서 읽어도 되겠느냐고 해서 3번 정도 드린 적도 있다. 여튼 이 과정에 3~4달 정도 걸리는데, 이사 계획이 잡히면 무조건 책부터 정리하는 셈이다. 내게는 그 짐이 제일 크기 때문에.

이사가 반복되며 기준이 하나 더 생겼다. 재구매를 3번 이상 한 책은 절판 여부와 상관없이 남긴다. 이런 책은 이미 전자책으로도 가지고 있는 경우가 많지만 굳이 종이책을 반복해 사는 책이라면 그냥 달팽이 껍데기처럼 이고 지고 다니는 편이 맞겠다는 생각에서다.

그렇게 여러 번 구매하고 또 구매해서 결국 이제는 그냥 책장 붙박이가 된 책 중에 비스와바 쉼보르스카의 시집 《끝과 시작》이 있다. 이 책은 안 본 사람은 있어도 읽고도 좋아하지 않는 사람은 본 적이 없다.

그 무엇에 빗대어질 수 없는 시

비스와바 쉼보르스카는 폴란드의 시인으로, 1996년 누벨문학상을 받았다. 작가 소개 문구에는 "정곡을 찌르는 명징한 언어, 풍부한 상징과 은유, 절묘한 우화와 패러독스, 간결하면서도 절제된 표현과 따뜻한 유머를 동원한 시들로 '시단詩壇의 모차르트'라 불리며, 전 세계 독자들로부터 많은 사랑을 받고 있다"라고 쓰여 있다. 비스와바 쉼보르스카는 그 무엇에도 빗대어질 이유가 없는 멋쟁이 시를 쓴다.

나는 이 책을 인터넷서점 알라딘에서 설문한 '21세기 최고의 책'으로 추천한 적이 있는데, 사실 폴란드에서는 20세기에 발표된 시들이지만 한국 출간일 기준이라서 '21세기' 최고의 책으로 선정할 수 있었다. 그 가능성이 나를 무척 기쁘게 했다.

한국에는 쉼보르스카의 시집 《충분하다》, 《검은 노래》, 그림책 《첫눈에 반한 사랑》과 서평집 《읽거나 말거나》가 출간되어 있는데, 이 작가와 더불어 언급해야 하는 사람은 번역가 최성은이다. 쉼보르스카는 물론 2018년 노벨문학상을 수상한 또 다른 폴란드 작가 올가 토카르추크의 작품들 역시 최성은의 번역으로 소개되었으며, '최성은'의 이름은 믿고 읽어도 좋다고 감히 말하고 싶다(나는 폴란드어를 하지 못하는데, 이 말인즉 폴란드어-한국어 번역의 정확성을 담보한다기보다 한국어로 '옮겨진' 몇몇 폴란드 문학작품에 대한 애정을 고백할 뿐인 것이다).

마음의 재활을 위한 독서

비스와바 쉼보르스카의 시는 풍성하고, 힙하지 않다. 소박하다기에는 그 세계가 울창하게 사려 깊다. 다른 무엇인 척하지 않는다. 감각적인 시어들의 향연 정 반대편에서, 세계를 바라보는 다감한 중얼거림이 들려온다. 힙하고 반짝이는, 유행이고 잘 팔리는 모든 것의 반대편에 있다.《끝과 시작》은 내게, 감기 기운이 지독할 때 먹는 흰죽과도 같다. 마음이 아무리 어지러워도 이 시집의 글줄이 소화되지 않을 일을 걱정할 필요가 없다. 마음의 재활을 위한 독서라고 불러도 좋을 정도다. 심지어 어떤 시를 특정할 필요도 없다. 거실에 있는 책장 앞을 서성이다가《끝과 시작》을 꺼내서 아무 페이지나 읽고 다시 꽂아두는 일을, 나는 무한히 사랑한다.

오늘은 〈선택의 가능성〉이라는 시를 얻었다. "영화를 더 좋아한다"라고 시작하는 이 시는, 좋아하는 것들을 나열하듯 진행된다 이 나열 작업은 조금씩 복잡해진다. 고양이, 바르타강 가의 떡갈나무, 디킨스 같은 생명체들을 논하다가 가치를 향해 문장이 나아가면서부터다.

(전략)

시를 안 쓰고 웃음거리가 되는 것보다 시를 써서 웃음거리가 되는 편을 더 좋아한다.

사랑과 관련하여 매일매일을 기념하는 것보다는 비정기적인 기념일을 챙기는 것을 더 좋아한다.

나에게 아무것도 섣불리 약속하지 않는

도덕군자들을 더 좋아한다.

지나치게 쉽게 믿는 것보다 영리한 선량함을 더 좋아한다.

민간인들의 영토를 더 좋아한다.

정복하는 나라보다 정복당한 나라를 더 좋아한다.

만일에 대비하여 뭔가를 비축해놓는 것을 더 좋아한다.

정리된 지옥보다 혼돈의 지옥을 더 좋아한다.

신문의 제 1면보다 그림 형제의 동화를 더 좋아한다.

잎이 없는 꽃보다 꽃이 없는 잎을 더 좋아한다.

품종이 우수한 개보다 길들지 않은 똥개를 더 좋아한다.

내 눈이 짙은 색이므로 밝은 색 눈동자를 더 좋아한다.

책상 서랍들을 더 좋아한다.

여기에 열거하지 않은 많은 것들을 마찬가지로 여기에
열거하지 않은 다른 많은 것들보다 더 좋아한다.

숫자의 대열에 합류하지 않은 자유로운 제로(0)를 더 좋
아한다.

기나긴 별들의 시간보다 하루살이 풀벌레의 시간을 더
좋아한다.

불운을 떨치기 위해 나무를 두드리는 것을 더 좋아한다.

얼마나 남았는지, 언제인지 물어보지 않는 것을 더 좋아
한다.

존재, 그 자체가 당위성을 지니고 있다는 일말의 가능성
에 주목하는 것을 더 좋아한다.

이 하나하나의 문장에 주석을 달아 나만의 '선택의 가능성'을 글로 쓰고 싶을 정도다. "정복하는 나라보다 정복당한 나라를 더 좋아한다"라는 문장에서 폴란드의 역사, 한국의 역사를 생각하게 되고 현재의 국제정세를 떠올리기도 한다. "잎이 없는 꽃보다 꽃이 없는 잎을 더 좋아한다"라는 문장은 꽃병의 꽃보다 무성한 푸른 숲을 연상시킨다. "얼마나 남았는지, 언제인지 물어보지 않는 것을 더 좋아한다"라는 문장을 읽으면서는, 이것이야말로 애정과 헌신에의 고백 아닌가 싶어진다. 순위와 속도의 세계로부터 멀리 떨어진, 높은 곳을 바라보느라 주변의 작은 빛을 놓치지 않는 삶이 이럴 것이다.

함께하면 좋은 것들
────────────

행동 – 차 한 잔
카페인이 없는 따뜻한 차 한 잔과 함께하는 독서시간이면 좋겠다. 보리차나 카모마일, 루이보스 같은 차도 좋겠지만, 여의치 않다면 끓인 물 한 잔으로도 충분하겠다. 뜨거운 물을 한 컵 따라 천천히 식히면서 마신다. 세상의 시간을 다 가진 사람처럼.

이 사람은 미쳤다
근데 나랑 비슷함 ㅇㅇ

《츠바이크의 발자크 평전》

슈테판 츠바이크

안인희 옮김, 푸른숲, 1998

＊

　책을 읽다가 '이 사람 나랑 참 비슷하네' 하고 생각하는 순간은 논픽션을 읽는 재미 중 하나다. 실제 살았던(살고 있는) 누군가가 이렇게 내 마음을, 삶을 찍어낸 듯한 패턴으로 살고 있다고? '내 인생은 왜 이렇게 어려울까, 왜 이렇게 물려받을 게 없을까' 하염없이 고심하던 시기에 읽은 한 권의 책은 이후 균형이라는 걸 시도해볼 노력을 당분간 치우고 살게 만들었다.

　이 책은 그래서 위험하다. 망한 인생이 망한 것만은 아니라는 믿음에 빠져들게 만들기 때문이다. 시몬 베유는 단조로운 삶이 구원에 훨씬 유리하다고 했지만 세속의 나날을 사는 사람 중 구원을 염두에 두는 사람이 얼마나 되겠는가.

한 인간을 글로 쓴다면

───────────

한 인간을 글로 써내는 일에 관심이 있다면 《츠바이크의 발자크 평전》을 읽어보라고, 막내 기자 시절에 선배로부터 들었다. 바로 구입해 읽었음은 말할 나위 없겠지만 무엇이 특별한지를 알기까지는 시간이 꽤 걸렸다. 발자크의 책을, 아니 세상의 책을, 그보다 인간을 충분히 경험하지 않고는 이 책을 이해할 수 없으니까.

《츠바이크의 발자크 평전》은 《고리오 영감》을 비롯한 걸작들을 써낸 소설가 오노레 드 발자크의 삶을 담은 슈테판 츠바이크의 삶 그 자체다. 츠바이크가 말년에 집요하게 붙들고 퇴고를 거듭하다 끝내 생전에 출간하지 못한 미완의 원고가 바로 이 책이니까(이 책의 작가소개의 표현을 빌리면 그는 1942년 '자유의사로 삶을 마감하였다'). 비현실적인 전쟁의 처음 몇 달 동안 츠바이크는 집으로부터 멀리 떨어진 곳에서 이 책의 원고를 완성했고, 세계대전이 끝난 1945년에 출간되었다.

예술가의 평생을 글로 써내겠다는 야심을 품은 작가라면 누구나, 천재성의 첫 빛이 언제 반짝이는지 그 누구보다 먼저 찾아내 기록하겠다는 욕심을 품게 된다. 혹은 정신의 가장 어두운 지하실에 불을 훤히 비춰 고통을 확대해 보여 주며 인간 승리의 드라마를 세상에 알리고 싶을 수 있다. 츠바이크는 풍자를 섞어, 하지만 비아냥 없는 차분함으로 발자크의 삶을 재구성했다. 발자크는 속물이었다. 자신의 재능이 무엇인지 알지도 못하고 스스로를 한껏 낭비했고 탕진했다. 자신이 감당할 수 없는 난관을 제 손으로 만들어내고서야 자신을 증명할 수 있는 예술작품을 써낼 수 있는 소설가.

위태롭고 또 지나쳤던 생

발자크의 위태로운 삶은 학창 시절 이미 시작되었다. 선생님들로부터 좋은 평가를 받지 못했고, 그의 어머니는 애정을 주지 않았다. 성인이 되자 부모는 그에게 돈을 벌 것을 요구했는데, 발자크가 자유롭게 글을 창작하며 살겠다는 선언을 하자 어머니는 아들의 꿈을 빨리 접게 만들겠다는 각오로 가장 누추한 방에 못 쓸 가구를 채운 뒤 사교활

동이라고는 꿈도 못 꿀 최소한의 생활비만을 보조하기로 한다. 그렇게 1년이 지난 뒤 발자크가 가명으로 대중소설을 쓰자는 제안을 넙죽 받아들인 것도 놀랄 일은 아니었다. 돈이 필요했다, 그 무엇보다도. 더이상 글을 쓰지 않기 위해서 글을 썼다. 마침내 낭비하기 위해 절약했고, 진짜 삶을 살기 위해서 밤낮없이 일을 했다. 쉴 새 없이 기쁨도 없이. 그러다가 사업 제안을 받아들여 크게 키우다가 빚을 졌다. 한때 동전 한 푼까지 재며 살던 젊은 절약가는 어느새 참을성 없고 절도 없는 사람이 되어버렸다. 억눌러온 모든 것은 한번에 터져 나와, 그에게는 한 남자에게 주어질 수 있는 가장 강력한 성적인 능력도 주어졌다. 상대를 가리지 않는 능력. "마흔 살의 여자는 당신을 위해 무슨 일이든 할 것이다. 스무 살 여자는 아무 일도 안 한다."라는 말은 아무래도 한심하게 들리지만, 발자크는 그 말을 증명하며 살았다. 그런 점에서 어딘가 찜찜한 경이로움이 있다. 어머니가 그의 유년기 불행을 주도했기 때문에, 발자크는 스스로의 힘으로 어머니를 찾아 그 품에서 만족을 얻어내기로 했다. 발자크의 첫 연인은 그의 부모와 이웃해 살던 아홉 아이의 어머니인 마흔다섯 살 여인이었다.

츠바이크에 따르면 발자크의 천재성은, 그의 진정한 천재성은 엄밀히 말해 문학에 있었던 것이 아니었다. 발자크가 성공을 거머쥘 수 있었던 막강한 지역들이 더 있었다고 츠바이크는 몇 번이나 강조한다. 발자크의 시대는 바야흐로 역동적인 젊은이를 위한 공간이었다. 스물다섯 살, 서른 살짜리 육군 대령이 나오는 시대였다. 다행히 정치와 경제라는 땅에서는 다른 후보를 선출했지만, 문학이라는 영토의 유권자들은 발자크를 두고 마지막 남은 하나의 지역과 최종 경쟁을 치러야 했다. 그것은 바로 그가 그렇게나 일평생 꿈꾸던, '돈 많은 과부'를 찾아낼 위험성이었다. 츠바이크는 이렇게 표현한다. "그럴 경우 발자크 속에 숨어 있는 초인적인 노동자가 아니라 쾌락주의자가 나타났을 것이다. 그는—아직 모르고 있었지만— 엄청난 업적을 이루기 위해서는 엄청난 압력을 필요로 하는 사람이었기 때문이다." 최고의 명성을 이룬 순간이라 해도, 발자크라는 인간은 명성을 유지하기 위한 노동보다는 시민적인 안락을 안겨줄 부유한 과부의 연금을 택할 사람이었다. 하지만 운명은 사랑과 권력과 자유를 무한히 갈망하는 이 쾌락주의자를 언제나 다시 노동의 감옥 속으로 되쫓아보냈다.

발자크는 쾌락에 약했다. 앙카 멀스타인이 발자크 소설 속 음식 묘사에 집중해 쓴 《발자크의 식탁》만 봐도 알 수 있다. 자기 절제가 없어서 돈과 물건과 음식, 여자에 대해서라면 취향이라고 부를 것도 없었다. 《츠바이크의 발자크 평전》이 슈테판 츠바이크 자신의 자살을 앞두고 마무리해가던 책이어서 '피할 수 없는 운명이 문을 두드린다'의 분위기를 유지한다면, 《발자크의 식탁》은 '사로잡힌 인간'(무엇에? 그것이 무엇이든 간에!)의 불안정성을 잘 보여주고 있다. 나는 그것이 마음에 든다.

　발자크는 글을 빨리 썼다. 채권자들에게 쫓기고 있었기 때문이다. 와중에 그는 방문을 닫아걸고 풍부한 상상력이 채찍질하는 대로 하루 18시간씩 글을 썼다. 《고리오 영감》은 그렇게 두 달여 만에 초고가 완성된 작품이었다.

　창작 기간 내내 발자크는 물과 커피만 마셨고 과일로 연명했다. 가끔 아침 9시에 삶은 달걀을 먹거나, 배가 정말 고프면 버터와 함께 으깬 정어리를 먹었으며, 저녁에는 닭 날개나 구운 양고기 한 조각을 먹은 후 맛있게 내린 블랙커피 한두 잔을 설탕 없이 마시는 것으로 식사를 마무리했다.

글을 쓸 때 발자크가 직접 장을 봐 요리를 한 음식을 본 그의 누이들은 쥐가 먹을 법한 음식이라고 평했다. 커피로 연명하는 금욕주의자 흉내는 최종 원고가 인쇄업자에게 넘어가는 순간 끝났다. 원고를 넘기고 나면 발자크는 레스토랑으로 달려가 굴 100개를 주문해서 화이트 와인 4병과 함께 먹어 치운 후에 '본격적으로' 식사를 시작했다. 해수 목초지에서 키운 양고기 커틀릿 12조각을 소스 없이 먹었고 순무를 곁들인 새끼 오리 요리와 오븐에 구운 자고새 한 쌍, 노르망디산 넙치를 주문했다.

양극단을 오가는 이런 특징은 그가 감옥에 갔을 때도 발휘되었다(7월 혁명 이후, 파리 시민은 매년 며칠 동안 국민 방위대에서 복무해야 했는데 이를 어겨서 하루 동안 투옥되는 벌칙을 받게 되어 있었다. 발자크는 여러 차례 병역의 의무를 회피했다). "남은 음식을 놓고 옥신각신 다투던 간수들은 이 수감자가 음식에 후한 데다 무심하기까지 하다는 사실에 기뻐했고 발자크를 정이 많은 사람으로 추억하기에 이르렀다."

큰 빚을 진 뒤로 그는 오히려 못 갚을 빚이라면 더 써도 상관없다는 태도로 살았다. 영구기관처럼 지치지 않고 글을 썼고, 그에게 글은 제목이 알려진 소설 '작품'에 한정된 것이 아니었다. 사치하기 위해 쓰고, 빚쟁이로부터 피하기 위해 썼다. 글을 쓰기 위해서 집을 사치스럽게 꾸며야 했고, 취재를 해야 했고, 그러기 위해 츠바이크가 '암담한 막노동' 이라고 부른 것을 얼마나 해야 했는지 아무도 알지 못했다. 좋은 것도 나쁜 것도 과잉이었다. 절제라고는 없었다.

인간희극에 마침표를 찍다

────────────────

슈테판 츠바이크는 이 책을 자기 손으로 완성하지 않았다. '출판사에 보낼 것'이라고 써놓은 보관용 판본(세 번째 수정판)이 《츠바이크의 발자크 평전》의 기본 토대를 이루긴 하지만 수정이 진행 중이었고 마지막 장들은 거친 구상으로만 남아 있었다. 그것을 리하르트 프리덴탈이 정리했다. 유대인을 향한 나치의 광기를 피해 브라질로 떠난 그가 찍은 마침표가, 발자크라는 위대한 인간희극이다.

불완전하고, 어디론가 위태롭게 쏠려 있지 않으면 아무것도 할 수 없었던 작가. 일확천금의 기회를 잡겠다고 더 큰 불행으로 걸어 들어가기를 주저하지 않은 인간. 언제 고꾸라져도 이상할 것 없었지만 소설보다 더 소설 같은 생산성으로 살아남은 사람. 그리고 그를 생의 마지막까지 글로 써 내려가며 몇 번이고 수정한 또 한 사람, 츠바이크는 그 글 속에서 종말을 닮은 시대에 자신만의 방식으로 이별을 고하고 있었다.

함께하면 좋은 것들

책 – 안도현의 《백석 평전》

발자크 평전을 쓴 슈테판 츠바이크가 소설가였던 것처럼, 시인 백석의 삶을 담은 《백석 평전》을 쓴 안도현 역시 시인이다. 백석의 문학적 적자 중 하나로 꼽히는 안도현은 백석의 삶과 문학을 가능한 한 충실하게 담아내고자 노력했다. 《츠바이크의 발자크 평전》과 달리, 일제 강점기에서 시작해 해방, 분단, 한국전쟁, 북한에서의 문학적 숙청을 겪은 백석의 삶은 웃음 지을 일이 그리 많지 않다. 하지만 그의 생동감 넘치는 시어가 어디서 태동했는지, 애틋하고 서글픈 시정의 주인공은 누구인지, 그리고 북한에서의 그의 삶은 어떠했는지 알게 도와준다. 백석의 말년에 대해 이 책을 다 읽고도 알 수 없다는 사실은, 우리가 살고 있는 이곳이 분단된 나라이며 서로 교류할 수 없음을 처절하게 상기시킨다.

아무튼
인생은 파랑

《살림 비용》
데버라 리비, 이예원 옮김, 플레이타임, 2021
《일리아스 또는 힘의 시》
시몬 베유, 이종영 옮김, 리시올, 2021
《블루엣》
매기 넬슨, 김선형 옮김, 문학동네, 2025

*

여성이 쓰는 산문이 가진 스펙트럼을 고루 경험할 수 있는 책 세 권을 묶었다. 삶이라는 투쟁을 다룬 《살림 비용》, 신화의 언어를 다룬 《일리아스 또는 힘의 시》, 문화와 아름다움을 다룬 《블루엣》은 모두 칼로 글자를 새기듯 쓰인 책들이다. 여성 작가의 산문이 이렇게 지고하게 자유롭구나 하는 것을 알 수 있게 하는 이 세 편의 책은 분량이 짧아 쉽게 도전할 수 있을 것이며, 언제까지고 읽힐 글이다. 바라건데 미래의 고전 산문 전집에 이 책들이 포함되기를.

고대 그리스의 서사시는 왜 현대에도 고전이라 불리는가? 무엇이 특별한가? 《일리아스 또는 힘의 시》는 프랑스 철학자 시몬 베유가 2차 세계대전의 암운이 깃들던 1938년에 쓰기 시작해 1940년에 처음 발표했다. 이 작품은 《일리아스》를 읽는 독법을 제시하고, 세계의 폭력에 대해 문학이 보여줄 수 있는 존엄을 논한 글이다. 이 글은 이번에 처음 번역·출간되었는데, 〈마르크스주의적 독트린은 존재하는 가〉와 함께 한권의 책으로 묶였으며, 시몬 베유의 가장 잘 알려진 저작 《중력과 은총》과 나란히 선을 보였다.

힘의 시대, 그럼에도 불구하고

'일리아스 또는 힘의 시'라는 제목과 "《일리아스》의 진 짜 주인공, 진짜 주제, 중심은 힘입니다"라는 첫 문장처럼, 이 글은 《일리아스》가 힘에 대한 서사시임을 밝히고 그 주 장을 증명하는 방식으로 쓰였다. 호메로스가, 또는 고대 그 리스인이 왜 힘에 대해 썼는지만큼이나 중요한 것은 그가 힘을 '어떻게' 바라보는가 하는 점이다. 선과 악으로 가르 는 대신 승자와 패자가 여기 있고, 오늘의 승자는 내일의 패 자가 되며, 패자는 승자를 다른 전쟁의 운명으로 끌어들인 다. 모두가 언젠가는 패배한다. 전쟁은 끝나지 않는다. 전쟁 이 파괴하고 위협하는 평화로운 세계에 대한 간결한 언급 은 상세한 죽음의 묘사와 맞물려 슬픔을 자아내는데, 중요 한 것은 "소멸할 것이건 아니건 눈여겨볼 가치가 있는 그 어떤 것도 등한시되지 않습니다. 즉 모든 사람의 고통을 드러냅니다".

이 글은 폭력이 만성화된 시대에 읽기 괴로울 정도로 많은 이야기를 들려준다. 《일리아스》의 여러 대목을 인용하며 시몬 베유는 이 서술이 얼마나 특별한 아름다움을 지녔는지 이야기하는 동시에, 문장보다 특별한 것은 문장을 지탱하는 세계관 혹은 사고방식에 있음을 깨닫게 한다. "힘만이 유일한 주인공"인 서사시에서 용기와 사랑은 어떻게 인간의 영혼을 되찾아주는가? 슈퍼히어로가 흔해진 시대에, 거대한 폭력조차 밈이 되는 시대에, 시몬 베유의 《일리아스 또는 힘의 시》는 "전쟁과 정치에서 행사되는 힘의 효과들"을 영광의 자리에서 끌어내릴 수 있는 유일한 가능성처럼 읽힌다.

'힘'은 긍정적이고 부정적인 모든 의미에서 시몬 베유의 관심사였다. 전쟁과 정치, 힘에 대해서라면 그보다 앞서 영원히 언급되어야 할 신에 대한 사유를 담은 《신의 사랑에 관한 무질서한 생각들》도 있다. 시몬 베유의 삶은 그녀의 글과 분리해서 이야기할 수 없으며 종교 역시 그렇다.

시몬 베유는 1909년에 태어나 1943년에 세상을 떠났다. 짧은 생 중에 두 차례의 세계대전을 모두 겪었고 스페인 내전에도 참여했으며, 1938년에는 신비 체험을 했다. 시몬 베유의 글이 본격적으로 알려진 것은 사후부터였다. 이 책에 실린 시몬 베유의 연보는 그 자체로 인상적인 읽을거리이며, 이 글을 읽고 나면 시몬 베유가 궁금해져서 견딜 수 없어질 것이다. 그런데 이상한 말처럼 들리겠지만 이 책에 실린 첫 챕터 '신의 사랑에 관한 무질서한 생각들'을 읽으며, 현대의 팬덤에 관한 훌륭한 통찰로도 읽을 수 있겠다고 생각했다. "우리는 주시하거나 욕망하는 대상들에게 우리 안에 있는 악의 일부를 떠넘깁니다."

파란색, 그리고 삶의 펄떡임
_____

시인, 비평가, 학자, 논픽션 작가인 매기 넬슨의 《블루엣》은 파란색에 대한 사적 기록이다. 북포럼이 이 책을 '지난 20년간 출간된 최고의 책 10권'으로 꼽았다는데, 매기 넬슨의 경험과 생각을 파란색에 대한 세상의 시각과 교차시켜 풀어낸다. 그게 무슨 말이냐고? 《블루엣》은 정말 읽어봐야 뭔지 알 수 있다. 파란색에 대한 이것저것을 논하는 짧은 240꼭지의 연작 에세이를 담은 파란 책이라고밖에 설명할 수가 없으니 말이다. 파란 표지에 파란 본문 글씨로 인쇄된 책이다.

32번 글에는 이런 글귀가 나온다. "내가 말하는 '희망'은 특별한 지향점이 있는 희망이 아니다. 그저 눈을 크게 뜨고 바라볼 가치가 있다는 의미 정도다. '저 밖에 있는 / 흐릿한 것들은 다 무엇이지? / 나무? 글쎄, 나는 지겹구나, / 저것들이.' 윌리엄 카를로스 윌리엄스의 영국 할머니가 마지막으로 남긴 말이다."

한편 이 책은 지겨울 정도로 사랑에 대해 말하고 있다. 다른 이야기로 흘러가나 싶다가도 자꾸 헤어진 남자 이야기라든가 사랑한 남자 이야기로 돌아와 푸른 웅덩이를 만든다. 45번 글을 살펴보자. "내가 느끼는 이 감정이 사랑이 아니라면, 정말로 나는 사랑을 모르거나, 혹은 더 간단하게 말하면, 내가 나쁜 남자를 사랑했었다는 걸 인정하지 않을 수밖에 없다고. 그 모든 공식들이 사랑이란 감정에서 블루의 색을 싹 빼내버리면, 결국 부엌 도마 위에서 펄떡거리는 추하고 핏기 없는 생선 한 마리에 불과하지 않겠느냐고."

58번 글은 레오나르도 다빈치를 인용한다. "사랑은 추악하기 짝이 없기에 연인들이 자신들이 하는 짓의 실체에 눈을 뜨는 순간 인류는 멸망할 것이다." 매기 넬슨은 질릴 정도로 섹스와 사랑이라는 화두로 돌아가곤 하는데, 아마도 그런 점이 어떤 독자들을 가까이 끌어당기리라.

파란색 속에서 파란색을 생각하며 살아가는 이들의 심상. 파란 유리병을 관통하는 빛이 좋아 일부러 해가 잘 드는 선반에 파란 수집품들을 올려둔 글이 있다. 파란색을 관통한 빛은 아름답지만, 빛 때문에 파란색은 바래기 시작한다. 물건을 위해서, 파란색을 위해서는 어둡고 서늘한 곳으로 옮겨야 하지만 그러지 않는다. "게으름, 호기심, 잔인함—사물한테 잔인하게 대할 수 있는지 모르겠지만— 이런 것들 탓에 나는 그것들이 퇴락해가도록 그냥 방치한다." 어떤 것들은 망가뜨리고 나서야 그 의미를 알게 된다. 의미를 알게 될 즈음엔 원래의 형태를 잃어버린 뒤다.

《블루엣》은 파란색에 대한 통념을 답습하는 대신, 그저 파란색이 연루된 세상 모든 것을 빌려 자기 자신을 말한다. 삶이라는 이름의 펄떡임을.

계속되는 삶의 과정에 대하여

《살림 비용》은 영국에서 활동하는 극작가이자 시인인 데버라 리비의 '자전적 에세이 3부작' 중 두 번째 책이다. 비소설로 분류되는 에세이가 자전적 성격이 강한 일은 흔하지만, 데버라 리비의 《알고 싶지 않은 것들》과 《살림 비용》은 삶의 특정 국면을 기록하기 위해 거의 시간 순서를 흩뜨리지 않고 써내려간 회고록 성격의 책들이다. 회고록이지만 삶 전체를 돌아보는 구성은 아니다.

데버라 리비의 에세이 3부작은 '생활 자서전living autobiography'이라고 불리는데, 《알고 싶지 않은 것들》과 《살림 비용》이 2020년 메디치상 해외 문학 부문을 수상하기도 했다. 올해 출간될 3부작 마지막 책의 가제는 '부동산'이다.

"오슨 웰스가 일러 주었듯 해피 엔딩인지 아닌지는 어디서 이야기를 끊느냐에 달려 있다." 《살림 비용》의 첫 문장은 이 책의 저자이자, 동시에 우리 모두의 삶이 처한 당연한 처지를 생각하게 한다. 죽기 전까지 삶은 이어지고, 어디에서 이야기를 멈추느냐에 따라 그것은 행복한 이야기일 수도 비극일 수도 있다.

데버라 리비는 휴양지의 바에서 옆자리에 앉은 두 사람의 이야기를 듣게 되었다. 여자는 스쿠버 다이빙을 갔다가 잠영 중에 폭풍을 맞닥뜨린 경험을 들려주었다. 잠영하다 고개를 들고 보니 날씨가 급변해버렸던 일, 다시 돌아갈 수 없을지도 모른다는 공포를 느낀 일에 대한 그 이야기는 여자가 자신이 처한 삶의 어려움을 우회적으로 언급하는 방식이었고, 동시에 데버라 리비가 자신의 삶에 대한 이야기를 풀어가는 도입부의 생김새이기도 하다. 종종 우리는 처한 상황을 불현듯 인지한다. 돌아볼 여유도 없고 전망을 내다보기 어려운 처지임을 깨닫는다. 그 자리에서 이제 다 그만두고 싶어지기도 한다. 하지만 일은 벌어졌고, 우리는 움직여야 한다.

당시 데버라 리비는 자신이 낳은 두 아이의 아버지와 막 헤어졌다. 《살림 비용》은 결혼과 이혼에 대한 이야기라기보다 이후의 삶을 자기 힘으로 살아가는 여성의 이야기다. '전남편'이라는 단어 대신 기껏해야 두 아이의 아버지라고 부르게 된 사람은 중요하지 않다. 다만 자기 자신을 들여다볼 뿐이다.

연인과의 결합에 대한 상념이라면 시몬 드 보부아르와 그의 연인 넬슨 올그런이 언급되는 대목을 빼놓을 수 없다. 올그런은 보부아르에게 편지를 보낸 적이 있다. "나만의 주거 공간과 그곳에서 나와 함께 지낼 나만의 여자, 그리고 어쩌면 나만의 아이까지도. 이런 걸 바라는 게 유별난 건 아니지." 하지만 그 유별나지 않은 것들을 얻기 위해 보부아르가 치러야 할 대가가 올그런이 치러야 할 대가보다 컸다. 사랑 이야기는 어디에서 끊어야 해피 엔딩이 되는가. 보부아르는 올그런 대신 글을 쓰는 자신의 커리어를 선택했다.

《살림 비용》은 스스로를 부양하고 아이들을 돌보는, 자신의 이름으로 활동하는 작가의 이야기다. 하지만 누군가의 '와이프'로 불리는 순간들에는 많은 것이 달랐다. 문제는 사회에서도 비슷한 일이 반복된다는 것이다. "예컨대 남자 상사를 둔 여자들이 회의실과 침실을 모두 아우르는 차림을 하도록 요구받는 기업 문화 속 여성성도 포함한다. 상사를 위해 성적으로도 상업적으로도 항시 '대기' 모드로 있는 게 가능하기나 한가? 그런 유의 여성성은 시간을 잘 이겨 내지 못한다. 오래지 않아 시간이 입힌 때가 보이기 시작하기 마련이다."

《살림 비용》은 세심하게 조율되어 있다. 주의할 점은 순차적으로 천천히 읽어야 진가를 발견할 수 있다는 사실이다. 책 초반에 언급된, 데버라 리비와 아무 상관없는 사람들의 바다 폭풍 에피소드는 여러 장면으로 쪼개져 다시 언급된다. 파도처럼 연결되며 반복적으로 흐르는 전개 때문에, 인물과 사건은 조금씩 다른 국면을 드러내며 심상을 구체화시킨다. 삶이 전면적으로 붕괴하는 가운데 새로운 구성을 전망케 하는 거의 모든 요소가 다 담겨 있다. 버지니아 울프나 에밀리 디킨슨을 언급한다는 사실에서는 새로울 것이 없지만(최근 출간된 여성 작가의 에세이에서 가장 자주 등장하는 고유명사가 이 둘이다), 인용 이후 질문을 심화시키는 방식에는 데버라 리비 특유의 인장이 있다. 차분하고 통렬하다.

데버라 리비의 에세이 3부작 중 첫 번째 책인 《알고 싶지 않은 것들》은 '작가의 탄생'을 다루었다. 남아프리카공화국에서 어린 시절을 보낸 그녀는 영국으로 이주했으며, 이 책에는 작가가 된 성장기가 담겨 있다. 《살림 비용》에도 같은 사람들이 등장한다. 특히 어머니. 《살림 비용》에서, 어머니는 암 투병 중에 돌아가셨다. "이리도 모순되고 사회의 가장 강력한 독기를 머금은 잉크로 쓴 메시지를 어머니가 용케 견뎌 내는 게 가히 기적이다. 그러니 이성을 잃지 않을 수가 있나." 이러한 통찰은 그 자신이 이제 어머니가 된 데버라 리비 자신을 향해 있다. 어머니의 죽음을 마주하고서야 받아들이고 인정하게 되는 마음도 담겨 있다. "어머니는 말 잘 듣는 딸이 되라는 요구에서 그치지 않고 나를 많이 다그쳤지만, 나 역시도 어머니가 당신 본연의 모습(그게 더 낫건 아니건 간에)에 충실하길 원하지 않았다는 걸 이제는 알겠다."

그런데 《살림 비용》에서 어머니의 죽음과 관련해 가장 충격적으로 기억에 남는 것은, 말기 암으로 심한 고통에 시달리던 어머니가 핥아서야 겨우 먹을 수 있던 특정한 아이스크림에 대한 에피소드 전체다. 처음에는 어머니의 암 이야기로 시작하지만 곧 아이스크림 이야기였다가, 동네 가게 사람들 이야기였다가, 데버라 리비 자신의 이야기로 이어지는 식이다. 그렇게 쓸쓸하지만 외롭지만은 않은 기억의 소용돌이가 점점 크게 만들어진다.

《살림 비용》은 계속되는 삶을 위해 쓰였다. 헤어진 남편도 이제 중요하지 않고, 전망은 언제나 미래를 향해 있다. 《살림 비용》이 지닌 기묘할 정도의 차분함은 그래서 가능하다. 엔딩은 한 번뿐이며, 나빠 보인 것들도 과정에 있을 뿐이다. 자신의 시선과 언어를 갖고 세상을 조망하는 사람은 삶을 두려워하지 않는다. 바라기는 그렇다.

함께하면 좋은 것들

다큐멘터리 - 〈명사들의 마지막 한마디: 제인 구달 박사〉

연휴 마지막 날 정크푸드 같은 무언가를 보려고 넷플릭스를 켰다가 〈명사들의 마지막 한마디〉 제인 구달 편을 보고 훌쩍거리며 울었다. 아프리카 열대 우림에서 침팬지를 연구한 과학자 제인 구달은 침팬지와 야생 동물에 대한 사랑을 전하기 위해 한평생 노력했다. 1934년에 태어나 2025년에 세상을 떠난 제인 구달이 사망 이후 공개하기로 하고 촬영한 마지막 인터뷰인 〈명사들의 마지막 한마디〉는 '강인함'에 대한 모든 사유와 실천이 담긴 말의 향연이다.

2.

내가
되어가는

과
정

스승을 만나면
스승을 죽이고

《데미안》

헤르만 헤세

전영애 옮김, 민음사, 2000

＊

조직에서 말하고 쓰는 일을 업으로 삼은 경력이 쌓이면
서 가장 난처할 때는 '능숙함은 좋은 것인가'라는 질문을 벽
처럼 마주할 때다. 우리는 처음 일을 시작하고 우당탕탕 경
력을 쌓아갈 때 숙련되기 위해 안간힘을 쓴다. 누가 질문할
때 어벙한 얼굴을 하지 않고 싶다. 업무와 사적 감정을 분리
하고 싶다. 다른 사람에게 쓸모 있는 위로와 조언을 해주고
싶다. 신뢰할 만한 동료가 되고 싶다. 여기까지는 조직에서
일하는 사람으로서의 희망이라면, 말하고 쓰는 일을 하기
때문에 생기는 특수한 욕구가 있다. 새롭고 싶다. 잘 읽히고
싶다. 재미있어 보이고 싶다. 아름답게 흥미롭고 싶다.

《데미안》을 읽다가 '능숙함은 좋은 것인가'라는 질문
을 마주하게 될 거라고는 예상하지 못했다. 대여섯 번은 읽
은 것 같은데 그 질문에 도달한 적이 없어서였다. 오랫동안
《데미안》의 초입은 내게 늘 새로웠다.

첫 번째 챕터인 '두 세계', 부모가 내게 준 것들의 세계

속에서 안온하게 지내는 데 만족하다가 처음으로 그 바깥을 알게 되는 순간들에 대한 이야기. 어쩌면 모험, 어쩌면 비행일, 이런 순간들을 부모에게 비밀로 하는 순간 비로소 그 존재를 깨닫는 '나'의 경계. 다정하고 안온하고 무해한 세계에 어울리지 않는 비밀을 갖는 순간 극도의 불안과 동시에 찾아오는 '나' 됨의 경험. 나 자신도 인지하지 못했던 터질 것 같은 에너지의 분출을 인식하는 순간들. '나는 당신이 예측하는 그런 존재가 아니다'라는 기묘한 자부심. 불안은 동력이 되고 위기가 쾌락이 되는 삶의 어떤 시기. 자아상이 만들어지는 초입의 경이는 거기 있을 것이다.

경외의 마음을 잃는 순간

《데미안》을 읽지 않은 사람에게는 놀라운 소식일지도 모르지만, 《데미안》의 주인공은 데미안이 아니다. 착하게 살아가던 열 살 에밀 싱클레어는 작은 거짓말을 계기로 세 살 많은 프란츠 크로머의 협박을 받게 되는데, 몇 살 위인 막스 데미안이 그를 구해준다. 데미안은 성서 속 카인과 아벨 이야기를 다르게 해석해 들려준다. 아담과 하와의 첫 두 아들인 카인과 아벨은 형제 살해와 형제간의 갈등에 대한 메타포로 수없이 되풀이되며 이야기되었지만, 많은 경우 아벨을 죽인 형 카인이 악인으로 해석되곤 한다. 성서에서 그는 동생을 죽인 죄로 쫓겨나 유랑하는 삶을 살게 되었으니 그 해석을 따르는 것이다. 하지만 데미안은 다르게 읽을 수 있다고 말한다. 데미안의 설명에 따르면 카인의 '표식'은 물리적으로 이마에 찍힌 낙인이라기보다는 오히려 시선에 담긴 비범한 정신과 담력이었으리라는 것이다. 카인의 종족이 지닌 우월함에 압도된 사람들이 두려움을 느끼고 별명과 우화를 덧붙여 일종의 복수를 했다는 해석이다. 에밀 싱클레어는 혼란스러워진다. "카인이 고귀한 인간이고, 아벨이 비겁자라고!" 신성모독 아닌가 말이다.

그러나 데미안의 해석에 저항하는 마음 이면에는 아버지와 아버지의 질서에서 벗어나 자신의 세계를 정립하는 과정에 있는 이의 확신이 있다. "악의와 불행을 겪었기 때문에 내가 아버지보다 더 높은 곳에, 선하고 경건한 사람들보다 더 높은 곳에 서 있다고." '함부로' 상상하는 일이 주는 으쓱함.

이번에 《데미안》을 다시 읽으며 나를 심란하게 만든 것은 열여덟 살 즈음의 싱클레어가 교류하는 피스토리우스의 존재였다. 도시에서 유명한 목사의 아들인 피스토리우스는 스스로를 '버려진 자식'이라고 소개한다. 그는 신학도였지만 국가 고시 직전에 대학을 그만둬버렸다. 신'들'에 대한 관심사가 그를 사로잡고 있으며, 그는 오르간 연주를 하고 철학을 읊조린다. 피스토리우스는 싱클레어 앞에서 자주 장광설을 늘어놓는다. 열여덟 살의 싱클레어에게는 귀가 트이는 경험이 된다. 완전히 새로운 것, 전적으로 놀라운 것을 발견하는 대화는 아니었지만 "나의 형성"에 도움이 되는 꾸준한 망치질과 같은 대화였다. 싱클레어는 피스토리우스로부터 도덕주의자가 아닌 사람이 될 것을 요구받는다. 그런데 피스토리우스는 그 자신의 말처럼 살고 있는 듯 보이지 않는다.

피스토리우스를 만나려다 허탕 친 어느 날, 싱클레어는 그가 비틀거리며 완전히 취해 스쳐 걸어가는 모습을 본다. "슬퍼져서 나는 집으로, 구제받지 못한 나의 꿈들로 돌아갔다." 그리고 생각하기를, 그는 어쩌면 그렇게 술에 취해서 불안에 휩싸인 싱클레어 자신보다 더 안전한 길을 갔을지도 모른다. 나보다 나이든, 한때 재능 있었지만 어느새 총기를 잃은 사람을 볼 때의 기분을 여기서 읽었다. 피스토리우스는 자신이 무엇을 잃었는지 알고 있다. 자신이 꿈을 잃었음을 알고, 특히 싱클레어 나이에 사랑의 꿈들을 능욕했음을 안다. 그래서는 안 되었다는 사실도 알고, 싱클레어가 좋은 뜻을 가진 착상들에 도덕을 덧입혀 해롭게 만들지 않아야 한다는 사실도 안다. 그는 많은 것들을 안다. 하지만 그 자신은 그 무엇도 제대로 행하지 않았으며 지금 여기 있다. 그 사실을 외면할 수 없는 순간이 온다. 누구든 한번은 겪는, 자신을 아버지로부터 또한 스승으로부터 갈라놓는 걸음을 떼어야 하는 그 순간이 싱클레어에게도 찾아온다. 아니, 이것은 부모님이 싱클레어에게 제공한 '환한' 세계를 떠났던 것과는 또 다른 차원의 이별이다. 《데미안》은 이 순간을 이렇게 설명한다.

그러나 우리가 습관에서가 아니라 지극히 고유한 욕구에서 사랑과 경외를 표했던 곳, 우리가 더없이 진정으로 사도이자 친구였던 곳, 바로 그곳에 쓸쓸하고 무서운 순간이 온다. 우리 마음속의 이끌어가는 물결이 사랑하는 사람으로부터 떨어져 가려 함을 갑자기 알아차렸을 때 말이다. 그곳에서는 친구이자 스승을 거부하는 생각 하나하나가 독침으로 우리 자신의 심장을 찌른다. 그곳에서는 방어의 타격 하나하나가 자기 자신의 얼굴에 적중한다. 그곳에서는 한 가지 유효한 도덕을 마음속에 지니고 있다고 생각한 사람에게 충직하지 못함과 '배은망덕'이라는 이름이 떠오른다. 치욕적인 기억과 낙인처럼.

그곳에서는 놀란 가슴이 두려움에 차 유년의 미덕들이 있는 아늑한 골짜기로 도망쳐 돌아가며 이런 결렬이 이루어지고 이런 끈도 끊어져야 한다는 것을 믿지 못하게 된다.

나 또한 그런 사람이 된 것은 아닐까

이제 싱클레어는 피스토리우스를 '절대적 지도자'로 인정할 수 없다. 그의 우정, 그의 충고, 그의 위로, 그의 친근함이 서서히 빛바랜다. 그가 자기 자신조차 완전히 이해하지 못한 '너무 많은 말'을 한다는 사실에 눈을 뜬다. 이것이 싱클레어의 성장이다. 경이롭던 세계(사람)의 남루함에 눈을 뜨고 다음 단계의 탐색으로 나아간다. 하지만 피스토리우스는 어떤가.

이번에 나를 사로잡은 것은 그 대목이었다. 싱클레어가 "지금 말씀하시는 것, 그건 참 빌어먹게 골동품 냄새가 나네요!"라고 말해버린 순간 둘 사이에 생겨버린 영원한 균열을, 피스토리우스는 어떻게 받아들이는가 하는 부분 말이다. 피스토리우스는 자신이 골동품으로 싱클레어를 지켜주려 한다고 침착하게 말해본다. 그리고 덧붙인다. "난 자네 말을 정확히 이해했네." 말없는 항복. 그것이 싱클레어를 당황하게 한다. 맞서 싸울 줄 알았던 상대의 고요한 항복이. 가장 슬픈 깨달음은 피스토리우스가 싱클레어에게 준 것을 그 자신에게는 주지 못했다는 사실에 있다. 어느 길로 가야 하는지 늘 잘 아는 듯 보이는 스승이 사실은 길 잃은 사람이라는 것을 알게 된 순간의 당혹감을 《데미안》에서 발견했던 게 과거라면, 지금은 나 자신이 피스토리우스와 같은 사람이 된 것은 아닐까 하는 근심이 생겨난 것이다.

피스토리우스는 과거의 지식으로 젊은 싱클레어를 끌어들였다. 반복된 언어로 '완성된' 세계에서 피스토리우스는 언제까지나 뛰어난 사람일 수 있다. 미래로는 한 발도 떼지 못하고 있을지언정, 과거의 세계에서 그는 영원히 유창한 스승일 수 있다. 여기서 다시 이 글의 첫 번째 질문으로 돌아간다. '능숙함은 좋은 것인가.' 어떤 사건사고에도 초연한 매끈함은 멋있다. 하지만 어떤 새로운 제안도 진부함으로 바꿔버리는 매끈함이라면 어떨까. 그럴듯해 보이게 만들 수는 있지만 속이 비어버렸다면 어떨까. 이것은 자주 나이의 문제로 언급되지만 나이의 문제만은 아니다.

탐색의 길에 오래 서 있고 싶다

2024년 국민대학교 졸업식 축사에서 뮤지션 이효리는 이렇게 말했다. "나보다 뭔가 나아 보이는 누군가가 멋진 말로 나를 이끌어주길, 그래서 나에게 깨달음을 주길, 그래서 내 삶이 조금 더 수월해지길 바라는 마음 자체를 버리십시오. 그런 마음을 먹고 사는 무리들이 이 세상에는 존재하니까요. 그런 무리의 먹잇감이 되지 마십시오." 이 말조차 "나보다 뭔가 나아 보이는 누군가가 멋진 말로 나를 이끌어"주는 성격의 '졸업식 축사'라는 데 생각이 미쳤다.

안주하지 않고 앞으로 달려가는 일은 열여덟 살의 싱클레어에게만 필요한 것은 아니다. 고독하더라도 탐색을 멈추지 않고 과거와 작별을 고하고 새로운 영토를 찾기를 멈추지 않는 일. 그 길 위에 더 오래 서고 싶다.

함께하면 좋은 것들

영화 – 기예르모 델 토로의 〈판의 미로: 오필리아와 세 개의 열쇠〉
환상은 우리를 자유롭게 하지만, 환상으로부터 멀어지기 위해 발걸음을 떼는 순간 비로소 우리는 자기 자신의 삶을 살 수 있게 된다고 믿는다. 삶은 언제나 기대보다 무겁다. 어느 나이에도.

소녀는 무엇으로
이루어져 있는가

《17세의 나레이션》

강경옥

시공사, 2000

✳

"소녀는 무엇으로 이루어져 있는가"라는 밈이 있다. 소
녀는 무엇으로 이루어져 있는가? 당신은 어떻게 답할까? 이
밈의 재미는 귀엽고 깜찍한 것으로 답하지 않는 데 있다. 마
라탕, 피비린내, 거짓말, 주먹, 투쟁 같은 단어들로 채워진다.
이 밈을 강경옥 버전으로 바꾼다면, 어떻게 답할 수 있을까
생각한다.

지금도 가끔씩 보는, 나를 키운 만화

누구에게나 자기를 키운 만화가 한 사람쯤은 있기 마
련이다. 내게는 그 사람이 강경옥이었다. 이케다 리요코의
《베르사유의 장미》나 이가라시 유미코의 《캔디 캔디》 같은
작품에 빠져 살기도 했지만, 강경옥은 내게 여러 장르를 탐
사하는 즐거움을 안겨준 작가다. 《별빛 속에》와 《라비헴 폴

리스》는 SF를 경험하게 해주었고, 후일 드라마 〈별에서 온 그대〉와의 유사성 논란을 촉발한 《설희》, 서스펜스 드라마 〈두 사람이다〉 같은 작품들은 하나하나 주옥같았다.

어느 작품 하나를 꼽아 강경옥을 이야기하기는 어렵지만 가장 자주 펼쳐보는 작품은 학원물인 《17세의 나레이션》이다. 17세보다 곱절의 시간을 더 살고도 몇 년을 더해야 하는 나이가 되고 나서도 이 만화는 자주 꺼내보는 책들이 모인 책장에 당당하게 자리를 잡고 있다.

《17세의 나레이션》은 1991년에 순정만화 전문 월간지 〈하이센스〉에 연재된 학원물이다. 첫 대사는 이렇다. "너… 너를 좋아해!" 이제 고등학교 1학년인 세영은 온 힘을 다하여 말했다. 그 말을 들은 상대는 소꿉친구 현우인데, 현우는 이미 좋아하는 사람이 있다고 머뭇거리며 답을 하고는 폭소를 터뜨린다. "너 연기력 많이 늘었구나. 깜박 속을 뻔했다." 세영이 속한 연극부에서 준비중인 연극의 내용이 그와 비슷하다는 걸 떠올린 현우가, 부러 한 장난이라고 고백을 가볍게 넘겨버린 것이다.

사실 연극부에서 세영의 역할은, 역할이라고 부를 만한 것이 없을 때가 더 많다. 연극부에는 탤런트가 꿈인 혜미가 있다. 주인공은 늘 혜미의 차지다. 미워하고 싶어도 미워하기가 어려운 것이, 혜미는 예쁜 데다 재능도 있고 성격도 좋기 때문이다. 혜미에 비하면 혼자 있을 땐 평범하고 여럿이 있을 땐 튄다는 연극부장의 평가를 받는 세영은 집과 학교, TV, 분식집, 친구들처럼 당연하고 평범한 것들에 둘러싸인 '중간'적 인물이다. 세영이 현우에게 어렵사리 꺼낸 고백은 진심이었지만 현우가 웃어넘긴 이후 그것은 그냥 농담이 되고 말았다. 어떡하면 좋을까. 어쩔 수가 없어진 세영은 그냥 막무가내로 현우에게 화를 낼 뿐이다.

사랑을 하면 알게 되는 것들

사랑은 어렵다. 사랑이 어려운 데는 여러 이유가 있지만 그 중 하나는 사랑을 하면 내가 얼마나 나쁜 사람인지를 알게 되기 때문이다. 사랑해선 안 될 사람을 사랑해서 나쁘다는 극적인 전개도 있지만, 평범한 사랑에도 악은 깃든다.

예를 들어 웹소설에서 인기 많은 서브장르 중 '후회물'이라는 게 있다. 여성향 장르에서 후회물은 주로 헌신적이고 사랑을 베푸는 여자 주인공을 당연시해왔던 남자 주인공이 이별 후 후회하는 전개로 예를 들 수 있다. 남자는 자신의 마음을 깨닫고 처절하게 후회한다. 그야말로 '감정의 기울어진 운동장'이 뒤집히는 전개인 셈이다. 이별을 선언하고 떠나간 여자 주인공을 향한 절절한 순애가 후회물의 열쇠다. (다른 말로 하면 "있을 때 잘해" 장르라고도 할 수 있다.) 처음부터 지고지순한 사랑을 하는 남자 주인공도 인기 있지만, 후회물이야말로 진득한 원념이 가득 고이는 장르다. 후회물까지 가지 않아도 사랑을 (이왕이면 절박하고 절절하게) 확인하고 싶다는 마음은 어느 정도 보편적이어서, 사랑하는 사람이 나 때문에 우는 모습을 보고 싶다는 생각은 의외로 흔하다.

얼마 전 친구가 부부싸움을 하던 중 남편이 처음으로 우는 모습을 보고 화가 한순간에 식었다는 이야기를 듣고는 이 생각을 했다. 사랑하는 사람이 나 때문에 웃는 모습을 보는 것만큼이나 나 때문에 우는 모습을 보며 안도하고 만족하는 마음에 대해.

첫사랑은 이런 복잡한 감정을 감당하기 어려운 강도로 치이듯 처음으로 경험하는 일이기 때문에 더 어렵다. 내가 알던 나는 어느새 사라지고 없다. 《17세의 나레이션》에서 세영이 현우에 대한 자신의 감정을 자각하게 된 계기는 현우에게만 있는 게 아니었다. 유혜미가 전학온 해에 깨달은 마음이니까. 그래도 현우의 반응 덕에(?) 없었던 일 셈 치려고 했는데 사건이 하나 생긴다. 연극 주연을 맡은 혜미가 TV에 출연하게 됐는데 연극 공연일과 출연 일정이 겹친 것이다. 연극부장은 대사를 외웠다는 세영에게 주인공을 대신 맡긴다. 착한 혜미는 문제를 해결해준 세영에게 고마워하고, 세영의 기분이 안 좋다고 생각한 현우는 오히려 혜미와 농구를 보러 간다. 세영은 화를 주체할 수 없는데 어디에 화를 내야 할지 알지 못한다. 그런데 혜미가 다시 연극에 출연할 수 있게 된다.

지금으로부터 10년도 더 전에 나는 《17세의 나레이션》을 다시 읽고 이렇게 썼다.

그렇게 시간이 간다. 꽃이 아닌 꽃받침으로. 바람이 불어 때로는 마음이 시끄러워지지만 밥벌이가 가능하다는 사실에 자족하는 사이에 시간은 흐른다. 이해하지 못했던 결정, 받아들일 수 없었던 타인의 행복, 생텍쥐페리의

《어린 왕자》, 첫 번째 화장, 뉴 키즈 온 더 블록, 이상우의 '슬픈 그림 같은 사랑', 몰래 가지고 나온 선글라스를 끼고 지하철에 뛰어들어 "나는 람보다! 두두두두!"를 외치고 얼른 도망가던 여름. 이제 그때 그 꽃도 지고 없다.

질문은 계속될 거야

그리고 지금, 다시 《17세의 나레이션》을 꺼내 읽는다. 시간이 켜켜이 쌓이면서 한국 순정만화의 고전, 한국 (소녀)성장만화의 고전으로 첫손에 꼽을 작품이 된 이 작품 속 아이들은 여전히 그때 그 나이 그대로, 열일곱살이다. 설렘은 여전하고, 불안 역시 그대로지만, 어떤 시간이든 지나간다는 것을 이제 나는 안다. 지나간다, 지나가버린다.

초등학생 때 내가 용돈을 아껴 사모았던 색색의 지우개들은 다 어디로 갔을까. 이름을 지어주고 매일 밤 끌어안고 잤던 인형들은 다 언제 내 방에서 사라진 걸까. 분리, 이별, 망각은 슬프지만 슬프지만은 않다. 그 시기에 내가 경험한, 내게는 고유했지만 어떤 면에서는 지극히 보편적이었던 고통과 기쁨은 내가 가진 정신적 지형도를 만들어냈기 때문이다. 못된 면, 웃긴 면, 사나운 면이 다 그렇게 모양새를 잡았다. 나만의 것이라고 부를 수 있는 무언가의 일부는 세월의 풍화작용 속에서 뾰족함을 잃고 사라졌는데 결과적으로 나는 그때보다 더 내가 되었다. 그리고 나라는 사람은 여전히 조금씩 변화를 겪는 중임을 안다.

《17세의 나레이션》에는 이런 질문이 나온다. "너는 네 자신이 네가 좋아하는 사람에게서만 빼고 모든 사람에게서 사랑받는 존재가 되고 싶니… 아니면 네가 사랑하는 사람에게서만 사랑받는 존재가 되고 싶니…"

'세영아 알고 있니, 그 질문을 너는 앞으로도 한평생 반복하며 살게 될 거야. 그 순간 삶의 만족감이 어디서 비롯하는지에 따라서 답은 전자였다가 후자였다가 할 거야. 저런 식의 양자택일식 질문에 정답은 없다는 걸 너는 알게 되겠지만, 어떤 답을 고르는지, 어떤 태도로 답을 고르는지, 그 생각을 어떻게 삶에 반영하는지가 답보다도 중요하다는 것만은 잊지 말아줘. 네가 망설일 때 기다려줄 줄 아는 사람과 연인이 되고 친구가 되면 좋겠다. 그리고 이 모든 질문과 조언은, 네가 나이 들어가는 나날에도 중요해. 여름방학

이 끝나도 빛나는 날들은 있어. 가장 어두운 날들에도 그 사실만은 꼭 붙들고 살아가.'

세영에게 이런저런 이야기를 해주고 싶어 궁리했는데, 그 말들을 필요로 하는 사람은 나 자신이었다.

함께하면 좋은 것들
_____

영화 - 요시다 다이하치의 〈키리시마가 동아리활동 그만둔대〉
학교에서 인기가 많은 키리시마가 동아리활동을 그만둔다는 소식이 학생들 사이에 퍼진다. 웅성거림이 학교를 집어삼킬 기세로 퍼져나가는 가운데, 키리시마가 중요한 게 아니라는 뜻밖의 사실을 발견하게 된다. 이상하고도 매력적인 십 대 영화.

오늘을 충실하게
살기 위하여

《데일 카네기 자기관리론》

데일 카네기

임상훈 옮김, 현대지성, 2021

✳

  '장르'에는 흥미로운 점이 있다. 푹 빠져 사는 충실한 팬이 있는가 하면 그 존재를 아예 모르거나 심지어 이름만 듣고도 싫어하는 사람들이 있다. 그럼에도 장르의 '탑티어' 걸작들은 장르 애호 여부와 무관하게 세계적인 인지도를 얻는다. 판타지 팬이 아니어도 영화 〈해리 포터〉 시리즈를 즐겁게 보고, SF 팬이 아니어도 〈인터스텔라〉에 빠져든다.

  영화를 먼저 예로 들었지만, 출판물에서 '자기계발서'라는 장르는 조금은 특이한 데가 있다. 문학과 인문학을 깊이 알고자 하는 다독가들에게 자기계발서는 쉽게 외면받는다. '전 세계 베스트셀러'라지만, "난 그 책 읽지 않았어"라는 식의 선언에 자주 언급되는 책들. 돈을 끌어당기는 부자의 생각 습관을 가지라고 주장하거나 어떤 사람은 손절하고 어떤 사람처럼 보이려고 노력하라는 책들. 나 역시 '마음'이면 모든 게 다 된다고 주장하는 자기계발서들을 대체로 흰눈으로 보는 편이지만, 그럼에도 불구하고 자기계발서 읽기를 꽤 즐긴다.

자기계발서는 독자의 욕망을 형광등 불빛 아래 훤히 보이도록 올려놓는다. 게다가 나의 욕망이 타인의 욕망과 같다는 사실에 주목한다. '당신은 사랑받고 싶다. 인정받고 싶다. 주변의 지지 속에서 일하고 싶다. 건강하고 싶다. (내면 말고 외면이) 아름답고 싶다. 똑똑하고 싶고, 똑똑해 보이고 싶다. 부유하고 싶다.' 이런 '현실적'인 그럴싸함의 끝에는 "걱정 근심 없이 행복하고 싶다"가 있다.

한때 배우 류승수가 〈라디오스타〉에 나와서 했던 말이 인기 밈이 된 적이 있다. "아무도 나를 모르고 돈이 많으면 좋겠어요." 유명세에 따라붙는 좋은 것도 나쁜 것도 다 싫고 그저 돈만 많으면 좋겠다는 말이다. 그 말은 내 주변 사람들 사이에서도 선풍적인 인기를 끌었는데, 유명도 하고 싶은 사람과 유명은 하지 않고 싶은 사람은 판이하게 나뉘는데도 "돈이 많으면 좋겠어요" 부분만큼은 모두 한 마음 한 뜻이어서 웃었다.

욕망을 어디까지 드러내는지, 자기 욕망을 위해 타인을 어디까지 도구화하는지 여부 같은 각론으로 들어가면 또 수억 개의 갈래길이 나오지만, 삶을 풍요롭게 만드는 가장 핵심적인 요소들은 사람이 저마다 아무리 다른 생김을 했다 해도 별반 다르지 않다.

자기계발서의 독보적인 고전

세월이 바뀌어도 인간의 욕망은 변하지 않는다. 고전은 바로 그런 지점에서 인간을 꿰뚫고 끌어들인다. 자기계발서에도 그런 고전이 있으니 바로 《데일 카네기 자기관리론》(이하 《자기관리론》)과 《데일 카네기 인간관계론》(이하 《인간관계론》)이다.

《인간관계론》은 한국에서만 50만 부가 넘게 팔렸다고 하니, 얼마나 폭넓은 독자들에게 읽혔는지(최소한 구매되었는지) 알 수 있다. 다른 말로 하면, 당신이 싫어하는 사람과 당신이 싫어할 사람, 당신을 싫어하는 사람과 당신을 싫어할 사람도 삶에서 원하는 것이 당신과 비슷하며 이 책의 공통 독자일 가능성이 있다.

데일 카네기는 그 자신부터가 자기계발의 성공신화를 형상화한 것 같은 인물이다. 1888년 미국 미주리주의 빈곤

한 소작농 가정에서 태어나 사립대학을 졸업한 뒤 교사, 영업사원, 배우 등 다양한 직업 경험을 바탕으로 1912년부터 말하기 기술을 대중에 강연하며 이름을 알렸다. 자기관리 교육기관 '데일 카네기 트레이닝'을 세워 운영했는데, 이 과정의 유명한 수강생 중 하나가 전설적인 투자자 워런 버핏이다.

워런 버핏은 1951년에 콜럼비아 비즈니스 스쿨을 졸업했는데, 대중 앞에서 말한다는 생각만으로도 몸이 아플 정도로 두려움이 있었다는 것이다. 그는 '데일 카네기 트레이닝'에서 100달러짜리 대중 연설 강좌를 수강했고, "(그 수업이) 나의 후속 성공에 가장 큰 영향을 미쳤다"고 말했다.

"의사소통 능력을 조금만 개선해도 미래 소득뿐 아니라 삶의 다른 많은 측면에서도 큰 변화를 만들어낸다." 데일 카네기에게 있어 자기를 관리하는 기술들은 삶을 개선하는 가장 중요한 열쇠였고, 돈과 성공 그리고 행복은 그렇게 개선된 삶에 따라오는 것들이었다.

빠져들 수밖에 없는 걱정 극복법

《자기관리론》의 제목을 다르게 표현한다면 '걱정 극복법'이다. 이 책은 얼마나 많은 사람들이 일상적으로 걱정에 시달리는지를 하나하나 짚어내며 시작한다. 최근에는 자기계발서들이 다양한 연구를 기반으로 한 통계수치를 근거로 제시하지만, 데일 카네기는 자기가 강좌에서 만났던 보통 사람들을 근거로 제시한다. 하루 벌어 하루 먹고사는 사람도, 월급으로 가족을 부양하는 직장인도, 몇 대는 놀고먹을 수 있는 사람도 걱정에 시달리며 산다. 데일 카네기는 자신 있게 말한다. "이 책은 대학이라는 상아탑에서 만들어진 것이 아니다. 수천 명의 성인이 어떻게 걱정을 극복했는지 간결하고도 박진감 넘치게 기록한 결과물이다." 그리고 이후 수많은 자기계발서가 온갖 통계와 연구를 통해 입증한 방법들이 하나씩 제시된다.

걱정에 시달리며 사는 이유 중 하나는 이렇게 설명된다. "최악을 상정한 다음 이를 개선하려 들지 않으며, 난파선의 잔해에서 인양할 수 있는 것들을 건져보려는 시도조차 하지 않는다. 자신의 삶을 회복해보려고 애쓰는 대신, 억

울함에 가득 차서 '최악의 경험과 격렬한 싸움'에 몰두한다. 결국은 아무런 행동도 하지 않은 채 생각이 고착된 우울증의 희생자가 된다." 나는 이 대목에서부터 《자기관리론》에 빠져들었다. 최악의 순간들에 나는, 내가 가장 싫어하는 유형의 사람이 된다. "최악을 상정한 다음 이를 개선하려 들지 않으며"라는 말이 그런 순간의 나를 잘 설명하고 있었다.

심지어 푹 빠져 있던 일이 끝난 뒤의 위험성을 지적하는 대목은 '마감'을 단위로 살며 롤러코스터를 타는 자신의 모습이었다. 코를 처박고 일할 때 몰두하기는 어렵지 않지만, 일을 마친 뒤의 자유 시간에 걱정이 침입한다는 것이다. 내가 잘 살고 있는 것인지, 발전 없이 같은 자리를 맴도는 것은 아닌지 같은 걱정에 시달리기 시작한다. 부정적인 감정이 행복한 생각과 느낌이 있던 자리를 차지한다.

걱정에 대한 해결책으로 제시하는 '결정 내리기'는 실제로 내게 도움이 되었다. 나는 타고난 '걱정이'이자 '불안이'이기 때문에 아무리 노력해도 걱정이 사라지지는 않지만 말이다. 결정을 통해 걱정을 증발시키는 4단계는 이렇다.

1. 내가 걱정하는 문제를 정확하게 써본다.

2. 내가 무슨 일을 할 수 있는지 써본다.

3. 무엇을 할지 결정한다.

4. 결정한 대로 즉시 실행한다.

결정을 미루는 행위는 목표에 다가서지 못하고 계속 같은 자리에서 맴돌며 한 걸음도 나아가지 못하게 만든다. 수많은 심리학책에서도 걱정되는 일을 '일단 써보기'를 권장하는데, 머릿속에서 맴도는 부정적인 생각을 물리적으로 밖으로 꺼내는 역할을 '일단 써보기'가 하기 때문이다. 생각을 멈추고 글로 쓴 다음 할 수 있는 일을 적은 뒤, 그 중에서 한 가지를 골라 당장 실행하기. 당장! 이게 중요하다. '해야지' 하고 생각하면 다시 원래로 돌아간다.

책 내용에 더해 한 가지 더. '일단 써보기'를 하고 보니 내가 해결할 수 없는 문제라면 쓴 종이를 찢어버리는 방법도 있다. 물리적으로 '쓰레기통에 버리기'를 하는 것이다. 나는 이 방법으로 지구 평화, 화성 탐사, 일론 머스크의 트위터 매입 등에 대한 걱정을 떨쳐버렸다.

문제를 나 자신에게서 찾지 않기

《자기관리론》과 《인간관계론》은 밀접하게 연결되어 있다. 예를 들어 《자기관리론》에서 당신이 두들겨 맞거나 비판을 받을 때, 가해자는 자신이 대단한 사람이라는 기분을 느끼기 위해서 그렇게 한다는 사실을 기억하라는 조언이 나온다. 부당한 비판 아래 놓일 때, 문제를 나 자신에게서 찾으려는 노력은 해결책이 되지 못하는 이유다. '관계'의 어려움은 이런 것이다. 내가 통제할 수 없다. 그래서 《인간관계론》은 '이기는 법'에 대한 이야기가 아니다. 말하는 법이 아니라 듣는 법을, 이기는 법이 아니라 이기고자 하지 않는 법을, 관심을 갖는 법이 아니라 관심을 주는 법을 말한다. "당신이나 나는 대단한 사람이 아니다"라는 말이 주는 긍정적인 면을 발견하게 한다.

《자기관리론》과 《인간관계론》은 오래된 자기계발서라서일까. 읽다 보면 세상 경험 많은 어르신이 들려주는 이야기처럼 느껴지기도 한다. 잘났다고 꼭 잘 사는 건 아니라고, 제아무리 열심히 걱정한들 오늘의 기쁨만 사라지지 내일의 슬픔을 덜어주는 건 아니라고 말이다.

함께하면 좋은 것들

`음악 - 조원선의 〈베란다에서〉`

일단 이기고 봐야겠다 싶던 시절을 거쳐, 어떤 승리도 영원하지는 않다는 사실을 관조하는 단계로 접어들었다. 세상 많은 일은 이기고 지는 문제로 말할 수 없다는 것도 안다. 오늘의 승리가 내일의 좌절이 되고, 오늘의 좌절이 내일의 승리가 되는 날들을 겪으면서 결국은 오늘 하루 잘 사는 사람이 되고 싶다는 결론을 마음속에 다진다. 조원선의 느긋한 노래 〈베란다에서〉는 그렇게 콧노래 나오는 날에 어울린다.

손절해야 할
사람에 대한 생각

《오셀로》

윌리엄 셰익스피어

권오숙 옮김, 열린책들, 2011

＊

　　얼마 전에 지인과 교외의 미술관을 다녀오다 '손절'에
대한 이야기를 길게 나누었다. 나는 인간관계에 대해 '손절'
을 절대 하지 않는다고 해서 지인을 놀래켰는데, 집에 돌아
오는 길에 다시 생각해보니 손절하지 않는 것은 아니었다.
오늘은 그 얘기를 해보려고 한다.

　　인간관계를 맺고 끊는 기준은 사람마다 다르다. 십 대
에는 온통 시행착오뿐이다. 미성년의 우리는 고작 한 동네
에 산다는 이유만으로 친구가 될 운명의 별 아래에 놓이곤
하기 때문에, 일단 친해지고 나서 서로 맞는지 아닌지를 탐
색한다. 사는 환경이 비슷하거나(같은 동네 거주), 욕할 대
상이 같다(학교나 학원)는 이유로 말을 섞다 가까워지는 것
이다. 장래 희망, 집안의 비밀, 사고 싶은 물건 100가지를 공
유하고 나서야 이 친구는 나와 잘 맞지 않는다는 사실을 깨
닫곤 한다. 내가 친구라고 믿었던 사람은 다른 아이와 가까

워지기 위해서 내가 말한 비밀을 흘리기도 하고, 그 반대의 경우가 벌어지기도 한다. 나쁜 사람은 나 자신일 때도 있음을 배우며 우리는 어른이 된다.

이십 대에는 적극적으로 취향의 공동체를 찾는 모험을 한다. 살던 곳을 떠나 지내게 되기도 하고, 알던 사람이 없는 곳에서 우당탕탕 연애를 시작하기도 한다. 이 모든 것은 사회생활을 시작하며 격변한다.

사회생활을 시작하면 우리는 친하고 말고가 중요하지 않은 인간관계에 발을 딛는다. 종종 아이돌 그룹 멤버들이 농담을 섞어 서로에 대해 "그렇게 친하지 않아요, 비즈니스 관계예요"라고 말하는데, 그런 말을 들을 때마다 웃게 된다. 가족에게는 무뚝뚝해도, 친구에게는 소원하게 굴어도, 비즈니스로 대하는 사람에게야말로 입안의 혀처럼 구는 사람들이 세상에는 많다. '측근'에게 거액의 사기를 당하거나 배신을 당해 나락을 갔다는 수많은 이야기는 그렇게 시작된다.

사람을 파멸로 밀어넣는 진짜 원인

내가 이런 맥락으로 《오셀로》에 빠져들었다는 걸 셰익스피어가 알면 무덤에서 돌아누울 일이지만, 이 역시 빼어난 글을 쓴 셰익스피어 탓이다.

《햄릿》, 《리어 왕》, 《맥베스》와 함께 셰익스피어의 4대 비극 중 하나로 꼽히는 《오셀로》는 고귀한 가문 출신의 숙녀 데스데모나와 용맹한 장수 오셀로의 사랑 이야기처럼 시작한다. 베니스의 무어인 장군 오셀로가 공국의 원로 브라반쇼의 외동딸 데스데모나와 사랑에 빠지고 우여곡절 끝에 결혼하는 내용이 초반 전개니까. 하지만 희극이 되려면 자고로 결혼은 엔딩에 놓여야 하는 법이다. 결혼하고 시작하는 수많은 이야기들은 영원을 약속한 사랑이 어떻게 박살나는지를 보여주곤 한다. 우리가 《오셀로》에서 보게 될 것 역시 그렇다.

《적과 흑》을 쓴 스탕달의 말을 빌면 사랑에 빠진 남자는 애정의 대상을 결점 없는 여인으로 상상한다. 이것을 두고 흔히 콩깍지가 씌인다고 하는데, 상대를 결점 없는 대상으로 인식한다는 뜻이기도 하지만 진실을 보지 못한다는 맥락으로 이해할 수도 있다. 사랑은 때로 상대의 죄를 눈감고 지나칠 수도 있게 만들지만, 없는 죄를 부풀려 덧씌우기도 한다.

데스데모나의 아버지는 오셀로가 흑인이라는 이유로 둘의 결합을 반대하지만 둘은 어려움을 뚫고 결혼한다. 투르크 함대가 사이프러스 섬을 침공했다는 소식을 들은 오셀로는 아내와 함께 섬을 지키기 위해 떠난다. 이제 이아고가 활약을 개시할 차례다. 오셀로의 부하인 이아고는 자신이 원하던 부관 자리를 캐시오가 차지하자 앙심을 품고 오셀로에 대한 복수를 시작한다. 이아고는 오셀로가 선물한 데스데모나의 손수건을 훔쳐 캐시오의 방에 떨어뜨린다. 암시하기를, 둘은 밀회하는 사이다. 오셀로는 안타깝게도 그 말에서 벗어나지 못한다. 손수건이 증거라고 믿은 오셀로는 데스데모나를 침대 위에서 눌러 죽인다.

'오셀로가 나쁜 놈이네.' 그렇다. 하지만 그렇게 단순한 문제가 아니다. 《오셀로》는 고귀한 성품을 가진 인물이 친구인 척하는 이의 유혹에 빠져 영혼의 기쁨이라 여겼던 아내를 살해하는 이야기다. 기독교인이면서도 흑인 아프리카인인 오셀로는 당대 서구 문명의 축소판이었던 베니스에 속하기도, 속하지 않기도 했던 외로운 인물로 그려진다. 이 작품이 발표된 이후 오셀로는 수많은 해석을 낳았다. 흑인 장군 오셀로가 백인이 주류인 상류사회에 진입하려다 실패한 이야기로 읽히는가 하면, 나이든 장군인 오셀로가 젊은 부관에게 느낀 성적 질투심의 심리학으로 분석되기도 한다.

영국의 정신분석학자인 앤서니 스토는 오셀로가 우울증을 겪었을 거라는 분석을 내놓기도 했다. 오셀로 내부의 지극히 뛰어나고 어두운 힘의 길항관계가 그를 성공으로 이끌었지만 또한 파멸시켰다고. 남편의 손에 죽음을 맞이한 데스데모나의 명예만큼이나 부하의 거짓말에 아내를 죽이는 데까지 이른 오셀로의 신뢰 역시 씹고 뜯고 맛볼 화두가 된다. 또한《오셀로》를 언급할 때 가장 자주 등장하는 해석은 이것이 질투에 대한 내용이라는 사실을 짚어낸다. 질투가 '녹색'이라는 영어의 관용적 표현은《오셀로》에서 시작된 것이다. 다음은 이아고의 대사다.

"질투를 조심하십시오. 그것은 푸른 눈의 괴물로 자신의 먹잇감을 조롱하는 놈입니다. 자신의 운명을 알고 죄 지은 아내를 사랑하지 않는 오쟁이 진 남편은 축복 속에서

사는 겁니다. 하지만 오, 아내를 사랑한 나머지 의심하고 미심쩍어하면서도 여전히 열렬히 사랑하는 남편은 매 순간이 얼마나 지옥 같겠습니까!"

이아고는 이 유명한 대사로 오셀로를 살인으로, 데스데모나를 죽음으로 몰아넣는다. 이아고는 작품 중 대사량이 많은데, 이게 이간질의 핵심이 아닌가 싶을 정도다. 자신의 손을 직접 쓰지 않고 사람을 해치는 행위를 '차도살인(借刀殺人, 남의 칼을 빌려 사람을 죽인다는 뜻)'이라고 한다. 적과 적이 싸우게 만들어 내 손에 피를 묻히지 않고도 승리를 거둔다는 뜻이 되기도 하지만, 말 몇 마디로 관계를 이간질해 자신이 원하는 것을 손 하나 까딱 않고 얻을 때도 이 표현이 쓰인다. 중요한 건 사람을 죽이기 위해 내 손에 칼을 들 필요가 없다는 데 있다. 이아고는 아내와 행복하게 살던 오셀로 마음속의 불안을 말로 부추겨 끔찍한 결과가 되게 만드는 인물이다.

동기 없는 악의

3막 3장에 이르러 이아고는 오셀로를 함정에 빠트리기 위해 '주저하듯 말하기'라는 방법을 쓴다. 이간질을 하는 사람들이 능란하게 사용하는 이러한 화법은, 말을 하려다 마는 일을 되풀이하며 호기심을 자아낸다. 말하는 대신 암시하고, 말하려다가 입을 다물고, 상대를 걱정하는 듯 표정 지으며 침묵한다. 오셀로가 생각하고 상상하고 의심하게 한다. 이아고는 이러한 연기를 충심 어린 친구의 얼굴로 수행한다.

세상물정에 밝아 인간관계에 대해 모든 것을 다 아는 친구의 말을 어떻게 의심할 수 있겠는가?《오셀로》를 읽으면 오셀로가 변해가는 모습이 극명하게 느껴진다. 천국을 잃어버린 자, 오셀로. 그런 그의 '곁에' 선 이아고.

시인이자 비평가였던 새뮤얼 테일러 콜리지는 이아고가 동기와는 근본적으로 무관한, 동기 없는 악의를 지닌 악당이라고 주장했다. 이아고가 말 몇 마디로 파멸하도록 한 인물은 오셀로만이 아니다. 그에게 악은 오락이다. 음모의 기술과 흥분을 즐기는 예술적 본능, 그러한 기술을 이용해

타인 위에 군림하려는 권력욕. 이런 사람을 요즘에는 소시오패스나 사이코패스로 칭한다. 언어를 이용해 친밀한 타인을 조종하는 방식은 가스라이팅이라고 한다. 이런 정의들에 이아고와 오셀로의 상황이 딱 들어맞는 것은 아니지만, 세상을 살다 보면 이아고와 같은 사람을 만날 일이 생기는 것이다. 정도의 차이는 있고 피해의 차이는 있겠지만.

신뢰 범죄를 저지르는 사람

이야기가 길었지만, 내가 유일하게 손절하는 유형의 사람은 이아고 같은 사람이다. 내 앞에서 말을 할까 말까 망설이는 척하면서 불신이나 불안을 조장하는 사람. 타인을 믿지 못하게 하고 나아가 나 자신을 불신하게 하는 사람. 이런 '신뢰 범죄'는 가까운 사람만이 저지른다. 흔히 만날 수 없지만 이런 사람과 한 번쯤은 스치게 된다. 들으면서 터무니없다고 생각했지만 밤에 자려고 누워 그 말을 곱씹게 된다….

애거서 크리스티가 창조한 명탐정 푸아로의 마지막 사

건을 다룬 《커튼》에는 이아고와 꼭 닮은 악인이 등장한다. 그는 완벽한 살인 기술을 가진 사람이다. 푸아로는 이아고를 언급하면서 그를 설명한다. 《커튼》 속 그 악당에 대한 구절을 인용하면서 글을 맺겠다. 이런 사람을 혹시 보셨다면 얼른 멀리멀리 도망치시라. 당신 손으로 당신 자신을 찌르고 싶지 않다면.

X가 사용하는 방법은 사람들에게 살인의 욕망을 암시하는 것이 아니라, 그들의 정상적인 사회적 내성을 무너뜨리는 것이라네. 오랜 동안의 연습 끝에 완성된 기술이지. X는 사람들에게 암시를 하고 그들의 취약점에 더 무거운 압력을 가하기 위해 어떤 단어와 구절, 어조를 사용해야 하는지를 정확하게 알고 있지! 그리고 효과를 거두었지. X는 희생자에게 전혀 의심을 받지 않고 그런 일을 할 수가 있었어. 그건 최면술이 아니었네. 최면술로는 그 정도로 성공할 수 없으니까. X가 사용한 방법은 보다 간교하고 치명적이었지. 사람들 사이의 불화를 없애 주는 게 아니라 불화를 증폭시키는 방법이 그것이지. 최고의 기술이면서 동시에 가장 악랄한 기술이기도 하지.

+

　이 작품에 대해서는 할 말이 너무 많다. 사실 극이 시작되기 전에 이아고야말로 오셀로의 부관 자리를 차지할 예정자였다. '탁상공론'에 능한 카시오가 갑자기 자기 자리를 꿰차게 된 데 대한 이아고의 분노는 《오셀로》의 첫 페이지를 달군다. 전쟁터에서 잔뼈가 굵은 이아고는 자신이 마땅히 가져야 할 자리에 가지 못했다는 분노, 과소평가되었다는 분노에 휩싸인다. 이쯤 되면, 우리 자신이 이아고가 되는 일이야말로 얼마나 쉬운가 하는 생각이 들지도 모른다.

함께하면 좋은 것들

영화 - 데이비드 핀처의 〈나를 찾아줘〉

죄 없는 여자가 오해한 남편 손에 죽는 비극에 슬퍼하다 보면 〈나를 찾아줘〉를 다시 보고 싶어진다. 고전 비극 속 부부의 세계는 너무나 암울하므로.

지지 않기의
기술

《손자병법》

손자

김원중 옮김, 휴머니스트, 2020

＊

라틴어를 배운 적이 있다. 정확히는, 배우려고 시도한 적이 있다. 욕심은 많지만 하필 태어나길 게으른 나는 라틴어가 태산 같은 암기과목임을 알게 된 뒤 수업을 빼먹게 되었다. 그런데 내가 왜 굳이 라틴어 수업을 들으려고 했냐면 시오노 나나미 때문이었다.

시오노 나나미의 《로마인 이야기》 시리즈는 무려 15권에 달하는 로마사 책으로, 1995년에 한국에서 출간된 이후 놀랍게도 엄청나게 읽혔다. 《로마인 이야기》는 로마의 건국부터 멸망까지를 다룬 대작이다. 리비우스의 《로마사》, 폴리비오스의 《역사》, 플루타르코스의 《영웅전》 등 고대 그리스 역사가들의 저작들을 저본으로 삼았다는데, 인물 중심 스토리텔링이라는 강점이 있었다.

시오노 나나미는 수많은 로마의 영웅과 황제 중에서 카이사르를 특히 좋아했던 것으로 보인다. 카이사르는 "주사위는 던져졌다", "왔노라, 보았노라, 이겼노라", "브루투스

너마저!" 같은 말로 잘 알려진 바로 그 사람이다. 독일 황제 카이저kaiser와 러시아 황제 차르tsar의 호칭이 카이사르의 이름에서 기원할 정도로, 사후 그의 이름은 최고 권력의 상징이 되었다. 시오노 나나미가 어찌나 절묘하게 칭찬의 말을 늘어놓는지 내가 카이사르라면 시오노 나나미를 자존감 담당 직원으로 고용했을 것이다. 시오노 나나미는 시리즈의 4권과 5권에 걸쳐 카이사르를 추켜세우는 과정에서 그의 문필 재능을 빼먹지 않는다.《로마인 이야기》4권의 말미에 카이사르가 갈리아 전쟁을 성공리에 마무리한 뒤 간행한, 총 7권에 달하는《갈리아 전쟁기》에 대한 언급이 나온다. 미문으로 따지면 키케로가 더 인기가 높았겠으나 카이사르는 글을 쓸 때도 카이사르였다. 긍지와 기개에 의해서만 달성될 수 있는 객관적 서술을 했다는 것이다. 나는 이 대목을 읽고《갈리아 전쟁기》를 카이사르의 언어인 라틴어로 읽겠다는 결심을 했다.

오로지 삶과 죽음에 대하여

정치인은 아무것도 결정하지 않는 말도 웅장하게 꾸며내기에 능하기 마련이지만 전장의 장수는 그렇지 않다. 생과 사의 갈림길에서 싸우는 사람들에게 미사여구는 사치다. 이순신 장군이 쓴《난중일기》가 주는 매혹도 그 간결함과 과묵함을 빼놓고는 말할 수 없다. 병법서도 마찬가지다. 손자의《손자병법》을 처음 읽었던 때, 오로지 삶과 죽음에 대해서만 이야기하는 담백한 문장에 홀렸지 싶다.

게다가 이 책에 따르면 병법의 상당 부분은 인간의 심리를 이해하고 이용하는 방법론이다. 긴 시간을 두고 여기저기 펼쳐 반복해 읽으며 왜 이 책을 빌 게이츠도 읽고 손정의도 읽었는지 이해할 수 있었다. 전략은 전쟁터의 장수만 세우는 것이 아니다. 위기 상황에서 돌파구를 찾는 사람이라면, 객관적 열세에 놓인 판을 뒤집어 승리하고 싶다면, 가능한 한 승산이 높은 전략을 짜는 데 고심하지 않겠는가.《손자병법》은 바로 그런 때 읽는 책이다.

이긴다는 것에 대한 생각의 전환

《손자병법》에서 가장 잘 알려진 동시에 아름다움이 느껴진다 해도 과언이 아닐 대목은 '제3편 모공(모략으로 공격하라)'의 첫 글이다. 보통은 이긴다는 말로 쳐부수는 일을 떠올릴 테지만 여기서는 아니다. "백 번 싸워 백 번 이기는 것이 잘된 것 중에 잘된 용병이 아니며, 싸우지 않고 적을 굴복시키는 용병이 잘된 것 중의 잘된 용병이다."

최소의 비용으로 최대의 효과를 얻어야 한다. 백 번 싸워 백 번 이기는 것'보다' 중요하다고 쓴 이유는 무엇일까. 자주 승리하면 군주는 교만해지기 때문이며, 교만한 군주는 지친 백성을 함부로 부리기 때문이다. 자수성가한 기업인들이 "내가 해봤는데"로 모두를 피곤하게 하는 상황과 유사한 데가 있다. 져본 적 없는 사람은 자기 머릿속의 생각이 모두 정답이라고 믿는다. 그를 위해 일하는 사람들은 그의 머릿속 생각이 망상에 불과하더라도 그것을 현실로 옮기기 위해 무엇이든 해야 한다.

또한 '싸워 이기는' 방식을 고수하다 보면 승리한 뒤 이쪽의 손실이 크다는 데 뒤늦게 생각이 미치는 경우도 많이 본다. 사내 권력 투쟁이 되었든 한 사람을 사이에 둔 두 사람의 애정 다툼이 되었든, 다툼이 커질수록 (물리적 손실이 아니라 자존심 때문에라도) 물러나기 어려워지고 현대사회에서는 그 과정이 대외적으로 노출된다는 것 자체가 평판에 손실을 가져온다. 그렇다면 싸우지 않고 이길 수 없는 상황에서는 어떻게 해야 할까.

'제3편 모공'의 두 번째 글은 언제 어떻게 싸울지를 이야기한다. "용병의 원칙은 (아군이) 열 배면 적을 포위하고, 다섯 배면 적을 공격하며, 두 배면 적을 분산시킨다. 대적할 만하면 적을 맞아 싸우고, (적보다 병력이) 적으면 적으로부터 달아나며, (적의 병력과) 대적할 만하지 못하면 적을 피해야 한다." 그렇다면 작고 약한 군대가 견고하게 수비할 수 있다면? 애석하게도 강대한 적의 포로가 될 뿐이다. 적을 알고 나를 알아야 이 판단을 내릴 수 있다. 어느 쪽이든 제대로 알지 못하면 스스로 무너지게 되어 있다. 그래서 승리를 미리 알 수 있는 첫 번째 방법은 싸워야 할 때와 싸워서는 안 될 때를 아는 것이다.

《손자병법》은 무조건 승리할 수 있다는 약속을 하지 않는다. 무조건 20%는 벌게 해준다는 투자 제안에 문제가 있다는 건 중국 전국시대를 살았던 손자도 알고 있었던 셈이다. 손자가 투자도 잘 했는지는 모르겠지만.

워런 버핏의 투자 원칙으로 알려진 "첫 번째, 돈을 잃지마라"를 연상시키는 구절도 있다. 전쟁을 잘하는 자는 적이 승리할 수 없게 한다는 대목이다. 전쟁을 잘한다는 것은 내가 반드시 승리하는 것보다는 적이 반드시 승리할 수 없게 만드는 데 방점이 찍혀있다. 승리할 수 있으면 공격하지만, 승리할 수 없으면 수비하라는 조언이다. 수비를 할 때는 공격해야 할 곳을 적이 알지 못하게 해야 한다. 약점이 '보이지 않게' 하기. 승리한 어제의 경험을 정답이라고 매달리지 말고, 물이 지형에 맞춰 흐르듯 형세에 순응하기.

긴 싸움에서 이기는 방법, 융통성

분을 이기지 못해 성급하게 행동하면 모욕을 당할 수 있다든가, 성품이 지나치게 깨끗하면 오히려 치욕을 당할 수 있다는 말 또한 앞선 맥락과 연결해 읽게 된다. 무언가에 집착하는 태도는 남의 눈에 띄기 마련이고, 그것은 곧 약점이 된다. 한발 물러나 판을 읽고 내가 처한 상황을 객관적으로 바라볼 수 있어야 내가 움직여야 할 방향을 제대로 판단할 수 있다. 막히면 돌아가고, 막으면 타협하고, 길이 끊어지면 다음에 가는 융통성이야말로 긴 싸움에서 생존하는 방법이 된다.

이것은 때로 꼼수처럼 보이고 실제로 꼼수이기도 하기 때문에 영 내키지 않을지도 모르지만, 인생은 길고 위기는 반복해 찾아온다. 어려움이 닥칠 때마다 가진 모든 것을 걸고 맞대응하는 방식으로는 삶을 지속하기 어렵다. 손자가 번아웃이라는 말을 알았다면 그에 대해서도 썼으리라 생각한다. 손자의 표현을 빌면 죽은 자는 다시 살아날 수 없으니까.

질질 끌면 망한다. 모든 일에 이기려 하지 않되 지지도 마라. 수가 많아서 이기는 게 아니라, 수가 많으니 이길 거라고 생각하니까 이긴다. 나를 알고 상대를 알고, 충분히 준비한 뒤, 상황에 맞는 대응을 하면 당장 앞서지는 못해도 다음 기회를 노릴 수 있다. 인터넷 서점에서 《손자병법》으로 검색하면 수없이 많은 책이 뜨는 이유다. 전략의 근본이기 때문이다. 가장 중요한 것은, 세상에 혼자 싸워 이길 수 있는 사람은 없다는 사실이다.

+

마지막으로, 나는 라틴어 수업을 끝까지 듣지 않았다. 그 사이 《갈리아 전쟁기》의 한국어 번역판도 출간되었다. 그런데 라틴어판은 라틴어를 몰라서 못 읽었다 쳐도, 한국어판도 읽지 않았다. 이 글이 《갈리아 전쟁기》에 대한 것이 될 수 없었던 진짜 이유다.

함께하면 좋은 것들

———————

음악 - 소녀시대의 〈다시 만난 세계〉

전의를 다질 때는 언제나 〈다시 만난 세계〉로 돌아간다. "이 세상 속에서 반복되는 슬픔 이젠 안녕"이라는 가사는 나 자신을 위한 주문이 된다.

흔들리지 않는 말을
기다리는 마음

《원칙》

레이 달리오

고영태 옮김, 한빛비즈, 2018

레이 달리오의 《원칙》은 미국에서 2017년에 출간되었다. 하지만 '원칙'이라는 단호한 제목과 그림 없이 검은색 장정으로 된 책은 태어나면서부터 해당 분야의 고전에 자리하겠다는 야심을 숨김없이 드러낸다. 인터넷 서점에서 '원칙'이라는 단어를 검색해보면 이 단어가 소설에는 거의 쓰이지 않고 경제경영, 자기계발 분야에서는 흔하게 쓰인다는 사실을 알 수 있다. 다소간은 사기꾼이 쓰기 좋은 단어라는 느낌이 드는 이유도 여기에 있다.

　내가 이 책이 미래의 고전 반열에 들 수 있다고 생각한 이유는 작가가 살아온 삶이 책에 반영되었다는 신뢰가 이 책이 지닌 가치에 포함된 경우여서다. 재테크나 경영에 대한 책의 경우 '진짜' 성공한 사람은 책을 쓰지 않는다는 농담이 있다. 책을 쓸 시간에 본업으로 돈을 버는 편이 빠르고 확실하다는 이유에서다. 레이 달리오는 그 성과가 널리 알려진 유명한 투자자다.

레이 달리오에 대한 저자 소개 글은 이렇다. 〈타임〉 선정 100대 인물, 〈포춘〉 선정 100대 부자, 역대 펀드 순수익액 순위에서 조지 소로스를 무려 5조 원이나 되는 격차로 누르고 1위에 오른 세계 최고의 펀드매니저, 2008년 리먼 브라더스발 금융 위기 예측.

이런 이력을 가진 사람이 투자 원칙을 책으로 엮었다는데 궁금하지 않을 도리가 있겠는가. 그렇게 생각하고 읽었는데 이 책은 인생과 일의 원칙을 다룰 뿐, 투자의 원칙은 다음 책에 쓸 예정이라고 한다. 돈 버는 법을 알려주나 해서 3만 5천 원이나 되는 책을 샀는데… 부자가 부자가 되도록 도와주는 데 일조한 한국의 일개미가 되었다.

뭐라도 해야 한다는 불안감이 들 때

책 좋아하는 사람들은 베스트셀러는 안 읽는다는 농반진반의 이야기가 있다. 하지만 문학, 인문사회 분야 책 다독가만 다독가는 아니지 않은가. 독서가 자기계발 영역 중 하나로 확고하게 편입된 이후로 베스트셀러 독서에 부지런한

다독가가 세상에는 얼마든지 있다.

나로 말하자면 책을 읽는 것과 돈이 많은 것은 아무 상관관계가 없음을 증명해온 잡식성의 독자로, 어느 날 갑자기 통장에 돈이 없고 내 인생이 망하고 있다는 생각에 밤잠을 설치기 시작하면 자기계발서를 사서 읽어보곤 한다. (그결과 불안이 더 항진된다.)

레이 달리오의 《원칙》도 그런 날 읽었다. 길지는 않지만 짧지도 않은 시간을 살아본 바, 부자가 되는 가장 확실한 비법은 부잣집에 태어나는 것이다. 그 다음으로는 큰돈을 버는 것이다. 열심히 일하는 것은 부자가 되는 것과는 별 상관관계가 없었다. 아침에 일찍 일어나기, 감사일기 쓰기, 매일 아침 확언하기 등은 기분이 좋아지는 효과는 입증되었지만 통장에 돈이 꽂히는 결과로 이어진다는 느낌은 받지 못했다. 그럼에도 불구하고 뭐든 해야 불안이 해소된다는 기분에 휩싸인 나약한 현대인의 한 사람으로서 《원칙》을 읽어보게 되었다.

돈이 없다는 자기비하적 농담은 스물한 살 때의 술자리에서는 귀엽게 보이지만 사회생활 10년이 넘어간 사람이 그러고 있으면 아무래도 믿음직해보이지는 않는다. 결론부터 말하면《원칙》을 읽는다고 해서 부자가 될 리는 없다. 혹시 모를까봐 미리 적어둔다.

가혹한 현실에 정면으로 마주하라

《원칙》은 '자신만의' 원칙을 만들라는 주언에서 출발한다. (1)무엇을 원하는지 (2)진실은 무엇인지 파악한 뒤 (2)의 관점에서 (1)을 달성하려면 무엇을 해야 할지 스스로 생각하라고 말한다. 이런 사유를 통한 자기 원칙에 따라 선택하는 삶을 살라는 조언이다. 그러면 '나만의' 원칙은 어떻게 찾을까? 레이 달리오는 자신도 실수를 통해 배웠다고 강조한다. 그는 문제의 해결책을 스스로 찾아내기를 좋아했다고 한다. 12살 때 주식 거래를 시작하면서, 시장의 합의에 반대로 투자하면서도 스스로의 결정이 옳다고 생각하는 독립적인 사고를 할 수 있어야 주식 시장에서 돈을 벌 수 있다는 것을 깨달았다며 말이다. 그러니 잘 틀리는 방법을 알아야 한다. 하지만 이런 말은 누구나 할 수 있다. 어떻게 틀려야 잘 틀린 거란 말인가?

《원칙》은 감정을 다루는 책이 아니다. 그래서 마음에 든다. '가혹한 현실'에 정면으로 마주하라든가, 당신이 진실이기를 바라는 것과 진실을 혼동하지 말라든가, 남에게 잘 보이려고 걱정하지 말고 목표를 달성할 일을 걱정하라든가, 고통이 발전을 가로막게 하지 말라든가 하는 조언들이 담겨 있다. 문제를 찾아내고 용인하지 말라는 말 역시.

특히 폐쇄적 사고와 개방적 사고에 대한 글은 내 생각과 비슷해서 어쩐지 더 솔깃했다. 개방적 사고를 하는 사람들의 특성은 다음과 같다. 의견 충돌이 발생한다면 왜 의견 충돌이 발생하는지 관심을 갖는다. 질문할 때는 진정성 있게 한다. 주장할 때와 질문할 때를 안다. 잘 듣는다. 스스로 사고하면서도 다른 사람들의 생각을 받아들인다. 자신이 틀릴지도 모른다는 두려움을 갖는다.

눈길을 끄는 대목들도 있다. 감정과 생각을 조화시키라는 조언이 그렇다. 감정을 무시하라는 말도 아니고 생각을 앞세우라는 말도 아니다. 그러기 위해 습관을 잘 선택해야 하고, 올바른 습관을 기르기 위해서는 끈기와 친절함으로 '저차원의 자아를 훈육'하라는 말도 따라붙는다. 저차원의 자아와 싸워 이기라는 말이 아니라는 데 방점이 있다.

MBTI를 비롯한 성격검사에 관심이 많다면 2부 4장을 눈여겨보라.

일하는 사람이라면 공감할 원칙들

처음에는 다소 시큰둥하게 읽기 시작했지만, 오랫동안 현업으로 일해온 사람 특유의 강한 확신이 내게 힘을 발휘했기에 자꾸 들춰보게 되었다. 예를 들어 '현재 상황 파악하기'의 기술이 그렇다. 살면서 수시로 우리는 '망했다'라고 속으로 외치는 상황에 빠져든다. 예정한 일정에 맞출 수 없다. 계산이 완전히 틀렸다. 팀은 와해 일보직전이다. 이때 도망치는 사람이라면 책의 도움을 받을 수 없을 테지만, 두 팔 걷어붙이고 나서는 사람이라면 다음의 다섯 가지 조언이 얼마나 귀한지 이미 알고 있을 것이다. 귀에 들려오는 수많은 소리와 눈을 어지럽히는 수많은 시각정보 중에서 무엇이 소음인지 구분해내지 못하면 정보를 유용하게 다루지 못하는 법이다. '사건'과 '사건처럼 생긴 것'은 다르다. 무엇을 무시하고 무엇에 나서야 할지 판단할 수 있어야 한다.

현재 상황을 종합적으로 판단하기 위해 당신이 해야 할 일은 다음과 같다.

a. 당신이 할 수 있는 가장 중요한 결정 가운데 하나는 누구에게 질문을 하는가이다.

b. 들은 것은 모두 믿지 마라.

c. 가까이서 보면 모든 것이 더 커 보인다.

d. 새로운 것은 훌륭한 것과 비교해 과대평가된다.

e. 점(사건)들을 너무 많이 찍지 마라.

각 항목에 대한 설명 역시 중요하다. 설명 중 강조하고 싶은 내용을 풀어보면 이렇다.

a-1. 정보가 없는 사람에게 묻기보다 답을 전혀 모르는 편이 낫다.

b-1. 사람들은 의견을 사실처럼 주장하는데, 이런 의견을 사실로 오인하지 마라.

c-1. 한복판에서는 언제나 타 죽을 듯한 느낌에 사로잡힌다. 때로는 어느 정도 시간이 지날 때까지 결정을 미뤄라.

d-1. 내가 고전에 대한 책을 쓴 이유이기도 하다. 새로운 것은 중요하지만 훌륭한 것이야말로 중요하다.

e-1. 점을 찍는 데 집착하는 대신 선을 긋는 법을 익혀라. 사소한 것에서 중요한 것을 구분해내고, 특정한 사건을 과대평가하지 마라. (그럼에도 불구하고 때로는 하나의 사건에서 많이 배울 수 있음을 잊지 말 것.)

이런 기준은 실무자와 결정권자가 다르게 가질 수밖에 없지만, 쓰레기 정보를 주워듣고 여기저기 퍼뜨리는 사람들을 경계하고 중요한 결정을 급하게 내린 뒤 후회하지 않는 편이 좋다는 말은 누구에게나 도움이 된다.

일과 관련된 내용을 다루는 3부에서도 '관계'에 대한 조언이 적지 않다. 이런 글을 읽을 때면 늘, 이 글을 나만 읽을 게 아니라 나와 일하는 사람들도 읽어주었으면 하는 바람이 거세진다. 특히 '적정 금액보다 많이 지급하라'는 조언은 다들 제발 읽어주셨으면.

함께하면 좋은 것들
─────────────

자기계발에 관심이 많은 사람들 사이에서 유명한 돌돌콩 님의 유튜브 채널. 영어 공부 때문에 보기 시작한 채널인데, '잘 살기'의 관점에서 자기계발을 어떻게 해나가면 좋은지 보여준다. 자기계발의 균형 잡기가 고민 되는 분이라면 한번 참고해보시길.

3.

삶의

여러

조각들

삶이란 죽음 다음으로
가장 슬픈 것

《여름》

이디스 워튼
김욱동 옮김, 민음사, 2020

＊

　짧은 밤이 끝날까 애타는 계절이 되면 단어를 모은다. 여름 단어집은 뜨겁고도 차갑다. 이 계절에는 도무지 적당이라는 것이 없다. 모든 것이 뜨겁거나 차갑거나 하고, 방심하면 어디선가 들끓는 분위기가 생겨나 나를 삼켜버린다. 그러니 그늘에 숨어 수박을 먹으며 단어를 모은다. 여름에는 평범해 보이지만 겨울에 읽으면 설레는 단어들이다.

　젤리, 산들바람, 방학, 밤산책, 신선한, 눈부심, 미러볼, 얼음, 불꽃놀이, 해변, 수박, 옥수수, 낭비, 방수, 작약, 보사노바, 초록, 호수, 구름, 붓꽃, 물그림자, 땀방울, 푸른색, 장마, 초목, 부글부글, 무성함, 중복, 여름밤, 사진, 연인, 찰나, 물결, 반짝임, 풀냄새, 찡그림, 시원함, 강수량, 물수건, 슬러시, 부패, 소문. (그리고 목록은 계속된다.)

　그렇게 여름 이야기를 모으고 싶던 밤에 이디스 워튼

의 《여름》을 처음 펼쳐들었다. 머리카락과 티셔츠를 스치는 바람을 느끼며, 책을 사서 집으로 돌아온 날이었다. 이 책의 주인공인 채리티 로열은 열일곱 살이었다. 어쩌면 이 나이가 모든 것일지도 모른다. 여자가 자기 삶을 만끽하기에도 망치기에도 가장 좋은 나이. 비틀스의 〈I Saw Her Standing There〉라는 곡은 이렇게 시작한다. "그녀는 열일곱 살이었어. 무슨 말이 더 필요할까." 그런 나이.

삶이 지긋지긋할 때 다가온 설렘

채리티 로열은 노스도머에서 살고 있다. 작은 마을이지만, 노스 도머는 채리티가 아는 우주의 중심이다. 채리티는 '산'에서 왔기 때문이다. 그곳이 어떤 곳인지 채리티는 잘 알지 못하지만, 그곳이 더러운 곳이며 그곳 출생이라는 사실이 수치라는 사실만은 알았다. 잊을 만하면 사람들이 그런 사실을 일깨우기 때문이었다. "모든 게 지긋지긋해!" 그렇게 중얼거리며 자기만의 무덤(직장)인 마을 도서관에 출근한 채리티 앞에 낯선 젊은이가 나타난다. 루시어스 하니의 등장이다.

6월의 오후. 그런데 채리티의 무덤은 도서관 한 곳만이 아니다. 채리티와 '로열'이라는 성을 공유하는 변호사 로열 씨의 집도 크게 다르지 않다. 로열 씨 부부는 채리티의 가족이 아니지만 '산'에서 그녀를 데리고 와서 성을 주고 함께 살았다. 로열 부인이 채리티를 데려오고 10년이 채 지나지 않아 사망하자, 그녀를 기숙 학교로 보내자는 이야기가 오갔다. 채리티는 대도시에서 노스도머로 굳이 이주한 뒤 이제 아내를 떠나보낸 로열 씨를 혼자 두고 떠날 수는 없다고 생각했다. 채리티가 '외로움'에 대해서는 누구보다 잘 아는 사람이기 때문이었다.

채리티가 열일곱 살이 되고, 어느 날 밤 로열 씨가 채리티의 방문을 두들기기까지는 그럭저럭 괜찮았다. "난 외로운 사람이야"라며 방에 들어가게 해달라는 로열 씨의 요청에 혐오감을 느낀 채리티는 도서관에 일자리를 구하고 돈을 모아 이 마을을 떠나겠다고 선언했다. 그런데 로열 씨는 다음 주에 목사님을 청했다면서 채리티에게 결혼하자고 청혼한다. 채리티는 격분했다. 결국 집안일을 할 가정부를 들이고 채리티가 도서관에서 일을 시작하는 것으로, 결혼 이야기는 무산된다. 이런 상황에 루시어스 하니가 채리티 앞에 등장한 것이다.

이 마을에 속하지 않은 젊고 매력적인 남자의 등장은 그 자체로 재앙이나 다름없다. 루시어스가 채리티에게 요청한 책을 바로 찾을 수 없었다는 데서 경험한 난처함은 어딘가 설렘이나 흥분을 닮았다. 자신이 삶과 문학에 대해 너무 모른다는 실감의 반대편에는 그것들을 잘 아는 루시어스에 대한 동경이 자리 잡는다. 생각은 금세 날개를 뻗는다. 신부드레스를 입고 루시어스 하니와 교회 통로를 따라 걸어가는 모습을 상상하고, 입맞춤을 그려본다. 그때 문밖에서 로열 씨가 계단을 따라 침실로 올라오는 발소리가 들리자, 채리티의 마음에는 증오가 가득 찬다. 채리티는 루시어스에게 유혹당할 만반의 준비가 되어 있다.

모든 것은 지나가버린다

———————————

남자가 주인공인 (성장) 소설에서 종종, 그는 여행을 떠나 낯선 (소)도시로 향한다. 그곳에서 그는 여자를 만나고 연애(성관계)를 하는데, 여자는 그가 자신을 데리고 떠나기를 바란다. 하지만 여행처럼 이 연애에도 끝이 있기 마련이다. 여행자인 남자의 마음에는 그 선이 분명하다. 여자는 이 연애가 삶이자 미래다. 남자의 얼굴을 본 순간 첫째 아이 이름까지 지어버리는 상황에서, 자기가 한철의 유흥이라는 사실을, 첫 입맞춤도 하기 전에 이미 추억이 될 운명임을 알지 못한다. '남자는 배, 여자는 항구'라는 누랫말이 괜히 있는 게 아니다.

이런 여름 한철 로맨스를 여자 입장에서 바라보면 무엇이 남을까. 이곳을 떠나고 싶은 마음과 내가 동경하던 것들을 인간으로 빚은 듯한 남자를 사랑하는 마음이 뒤엉켜 분간되지 않는 여름에 탐닉하면서 그 계절 '다음'이 없다는 걸 미리 알았다면 뭔가 달라졌을까. 《여름》을 읽으며 불안했던 이유다. 이름도 그럴싸한 루시어스 하니가 진열장의 반짝이는 신상품처럼 채리티 앞에 등장하자마자 가슴이 뛰었다. 설렘이 아니고 걱정 때문에. 채리티, 그 남자는 안 돼.

《여름》의 표지 그림은 여름을 배경으로 한 그림들로 유명한 프랭크 웨스턴 벤슨의 〈여름에In Summer〉라는 그림이다. 이 그림이 그려지던 1887년 무렵은 이디스 워튼이 사교계에 데뷔하여 약혼과 파혼, 그리고 결혼을 하던 시기였으며 이 결혼은 이혼으로 마무리된다. 부유했던 이디스 워튼은 살면서 대서양을 60번 건너다니며 이탈리아, 프랑스, 영국을 비롯한 유럽 여러 곳에서 긴 시간 머물렀다. 소설《여름》이 발표된 것은 1916년으로, 그녀가 프랑스에서 지내던 쉰네 살 때이자 1차 세계대전이 막바지에 달하던 때였다.

결혼은 이혼으로 끝났고, 젊음은 지나갔고, 벨 에포크도 지난 일이 되었다. '아름다운 시절' 정도로 해석되는 프랑스어 '벨 에포크Belle Epoque'는 19세기 말부터 1차 세계대전 발발(1914년)까지 프랑스(를 포함한 여러 유럽 국가)가 사회, 경제, 기술, 정치, 문화적으로 번성했던 시대를 회고적으로 일컫는 표현이다. 이디스 워튼은 전쟁의 화마 속에서 미국 뉴잉글랜드의 한적한 시골 마을을 배경으로 한 책《여름》을 썼다.

《여름》은 사랑을, 성욕과 떼어놓고 말할 수 없는 사랑을 말한다.《여름》이 발표되던 당시에는 여성의 성욕을 이야기한 소설이 센세이셔널했던 모양이지만 21세기의 사람들에게 성욕을 떼어놓고 논하는 사랑은 존재하기 어려운 감정이다.

채리티가 루시어스와 어울린다는 사실, 그것도 둘이 같은 집에서 시간을 보낸다는 사실을 마을 사람들이 알게 되었다며 로열 씨가 채리티에게 경고하고 자신과 결혼할 것을 재차 권하는 순간에도 성욕의 문제는 중요하게 다뤄진다. 변호사인 로열 씨는 중상모략이 좀처럼 사라지지 않는다고 말한다. 더불어 "그 친구가 너를 원했다면 즉시 그렇다고 말했을 거란 사실 말이야"라고 쐐기를 박는다. 채리티는 자존심이 상하지만 애절한 설득의 말을 들으면서도 로열 씨에게 상처를 주고 부끄럽게 할 말만 떠오른다. 로열 씨가 마을을 떠날 예정인 루시어스를 설득해주겠다는 제안은 채리티에게 굴욕감만을 안길 뿐이다. 여름에는 모든 것이 싱싱하게 반짝이지만 또한 전부 쉽게 상한다. 상해버린다.

지금도 차악을 선택하곤 하는 우리

《여름》에서 채리티가 하는 첫 대사는 "모든 게 지긋지

굿해!"라는 혼잣말이고, 마지막 대사는 로열 씨에게 하는
"아저씨도 훌륭하세요"다. 좋은 선택지가 전무한 상황에서
차악을 선택하는 채리티의 이야기는 교훈담이 아니다. 우리
는 더 이상 1916년의 세계에 살지 않지만, 모든 것이 달라졌
다기에는 여전한 고통과 슬픔, 외로움과 원치 않는 이별, 상
심을 안고 살아간다. 삶에서 꿈꿔본 모든 것이 눈앞에 나타
났을 때 붙잡지 않는다고 해서 무엇이 더 나아질까. 하지만
정말 '더 나은' 선택은 없는 것일까. 독자의 근심 속에서 《여
름》은 끝을 맺는다. 하아, 채리티, 근데 정말 그 남자는 안
돼. '그 남자'가 누구일지는 읽는 사람마다 다르게 생각할
것이다.

함께하면 좋은 것들

책 – 델리아 오언스의 《가재가 노래하는 곳》

채리티가 경험하는 외로움의 심화 버전이라고 하면 《가재가 노래하는 곳》의 카야를 떠올리게 된다. 마을에서 온 소년과의 짧은 연애 역시 그렇다. 왜 소설의 여자 주인공들은 (너무도 자주) 독자가 "그 남자는 안 돼"라고 말하게 만드는 걸까. 그럼에도 불구하고 결국 평온할 수 있었던 카야처럼 채리티 역시 그러하기를.

음악 – K.D. Lang의 〈Summerfling〉

내가 사랑하는 여름 노래. "이른 아침, 7월 중순. 기대는 우리를 설레게 해."라는 말로 시작하는 이 노래는 바다를 향해 웃으며 달려가는 기분을 선사한다. 물론 이 노래는 《여름》보다는 해피엔딩 쪽이지만.

천천히 읽기를
권함

《대성당》

레이먼드 카버
김연수 옮김, 문학동네, 2014

＊

　　레이먼드 카버의 소설집 《대성당》의 번역은 소설가 김연수가 맡았다. 하지만 원문을 읽어보면 아무래도 부족하게 느껴지는데, 그것은 김연수의 잘못이 아니라 어디까지나 레이먼드 카버의 탓이다. 짧은 문장, 단순한 단어들로 이루어진 레이먼드 카버의 단편소설들은 단어마다 너무 많은 함의를 담고 있어서 읽으면서 이해하기는 쉬운데 번역하기가 보통 까다로운 것이 아니기 때문이다.

　　무라카미 하루키가 "의심의 여지없이 레이먼드 카버는 나의 가장 소중한 문학적 스승이었으며, 가장 위대한 문학적 동반자였다"라고 상찬한 일 때문에 한때 내 주변에서 소설 좀 읽는다, 쓴다 하는 친구들 사이에서 영어로 된 《대성당》 원서를 굳이 찾아 읽는 붐이 있었다. 번역을 시도하는 친구도 있었다. 하지만 어떻게 옮겨도 원문을 따라잡지 못한다고, 다들 혀를 내둘렀다.

　　언젠가는 몇 주에 걸친 《대성당》 강독 수업을 들은 적이 있었는데, 2시간 수업에서 2페이지까지밖에 읽지 못했던 기억이 난다. 예를 들어, 첫 번째 단어부터 할 말이 많았다. 한국어판의 첫 문장은 이렇다. "그러니까 맹인이, 아내의 오랜 친구가 하룻밤 묵기 위해 찾아오고 있었다." 원서의 첫 문장은 이렇다. "This blind man, an old friend of my wife's, he was on his way to spend the night." 소설을 시작하는 첫 단어로 this를 쓰는 일은 흔치 않다는 말로 시작되었다. 'The' 대신 'This'를 썼다는 것. 'This blind man'은 '이 맹인 남자'라는 뜻인데, 'this'는 이미 이 사람이 누구인지 화자와 독자가 모두 알고 있다는 것을 전제한다. 즉, 이미 언급된 사람을 다시 언급하는 뜻으로 쓰인다는 것이다.

반드시 직접 경험해야 하는 순간
────────────

《대성당》의 화자는 아내와 살고 있다. 그런데 어느 날, 아내와 예전에 알고 지냈던 맹인이 방문한다는 이야기를 듣게 된다. 그 방문이 별로 탐탁지 않다. 모르는 사람인 데다가 눈이 멀었다는 사실 역시 탐탁지 않게 느껴졌기 때문이다. 영화에서 본 적이 있는 맹인들을 떠올리면, 천천히 움직이고 웃지도 않더라는 식이다. 게다가 아내와 그의 인연 역시 기이한 인상을 준다. 그의 아내는 신문의 구인광고를 통해 맹인인 로버트에게 책 읽어 주는 일을 한 적이 있었다. 여름 내내 사례연구, 보고서 같은 것들을 그에게 읽어주었다. 사무실에서 일하던 마지막 날, 그는 그녀에게 얼굴을 만져봐도 되냐고 물었다고. 그녀가 승낙하자, 손가락으로 얼굴을 구석구석, 심지어 목까지 만져보았다고 한다. 아내는 군인인 전남편과 결혼해 살던 도시를 떠났다가, 어느 날 밤 얘기할 상대가 필요해 그에게 전화를 걸었다. 그리고 두 사람은 간헐적으로 테이프에 이런저런 이야기를 녹음해 주고받았다. 그 사람이 집으로 찾아올 예정인 것이다.

그의 아내가 죽었고 그녀의 이름이 '뷰라'였다는 말을 들은 화자는 대뜸 묻는다. "그 사람 아내가 니그로였어?" 내내 떠나지 않던 화자에 대한 인상이 이제 돌이킬 수 없을 정도로 확고하게 굳어진다. 화자는 여러모로 차별적인 사람인 듯 보인다. 말도 별로 조심하지 않는 것 같다. 별로 친구가 되고 싶은 사람은 아니다.

로버트가 집에 오고 나서도 화자의 태도는 크게 나아지

지 않는다. 아내가 잠시 자리를 비운 사이 그는 로버트에게 마리화나를 권한다. 목적 없이 TV를 틀어놓고 이리저리 채널을 돌린다. 로버트는 개의치 않는다. 화면에서 벌어지는 일에 대해 '나'는 설명하기 시작하는데, 화면에 대성당이 나온다. 여러 곳의 대성당을 보여주는 화면을 응시하던 '나'는 로버트에게 대성당이 어떤 것인지 감을 잡을 수 있겠느냐고 묻는다. 대성당에 대한 이런저런 이야기가 두 사람 사이를 오가는 가운데, 그가 묻는다. "자네가 설명해줄 수는 있겠지. 그렇게 해주면 좋겠는데." '나'는 노력하고 또 노력한다. 크다, 돌로 만들었다, 대리석으로도 만든다, 하느님이 삶의 중심이던 시절의 산물이다. 어떤 말로도 대성당을 설명할 수 있을 것 같지 않다는 생각이 들자 그는 쉽게 설명을 포기한다. 로버트가 묻는다. "자네에게 그게 어떤 형태로든 신앙심이 있느냐고 묻고 싶은 거야." 그리고는 펜과 종이를 가져와서 그림을 그려달라고 한다. 로버트는 펜을 쥔 '나'의 손을 잡고 대성당을 그려보라고 한다. 그리고 어느 순간, 로버트는 '나'에게 눈을 감고 계속 그려보라고 한다.

그리고 소설의 마지막 문장에서, 당신은 마법처럼 대성

당을 '경험하게' 된다.

어떻게 그런 일이 가능한지는 모르겠지만, 분명 그런 순간이 있다. 책을 읽다가 문득 손끝에서 대성당을 느끼는 때. 몇 번이나 반복해서 읽어봐도 마지막 문장에서 몸이 느끼는 경이는 매번 새롭다. 《대성당》은 줄거리로 따지면 아무것도 아닌 이야기다. 여기에는 사건이랄 것이 없다. 사실 대부분의 단편소설이 그렇다. 사건보다는, SNS식으로 표현해 '#mood'가 중요하다.

수많은 단편소설은 '일상에 균열을 일으키는'이라고 수식된다. 어제와 같고 내일도 여전할 것으로 보이는 어느 날, 평범할 줄 알았던 오늘 목격되는 관계의 균열. 미스터리, SF, 공포를 비롯해 장르를 파고드는 작품을 쓰는 소설가들은 물론 서머싯 몸이나 오 헨리, 모파상을 비롯한 작가들은 스토리가 선명하고, 기승전결이 있고, 때로 반전도 있는 단편소설을 쓰지만 그렇지 않은 작가들이 더 많다. 소설이 시작할 때는 보이지 않았던 파편들이 우리 눈앞에 훤히 드러난 채 소설이 끝나곤 한다.

제임스 설터의 《어젯밤》도 그렇다. 아내는 병세가 심각해지자 남편에게 안락사를 부탁한다. 남편은 어렵사리 부탁을 들어주고 두 사람은 친하게 지내던 이웃을 초청해 최후의 만찬을 한다. 아내에게 약물을 주입한 뒤 '헌신적인' 남편은, 이웃인 여자와 오랫동안 이어왔던 불륜 행각에 몰두한다. 다음 날 아침, 이층에서는….

모호하지만 강력한 경이감

《대성당》은 균열을 더 이상 신경 쓰지 않게 만든다. 아니, 균열이 있어도 괜찮다고 생각하게 만든다. 아니, 균열이 있음에도 살아갈 힘이 남아있음을 보여준다. 이것을 경험하기 위해서는 무조건 《대성당》을 처음부터 끝까지 다 읽어야 한다. 독자들이여, 제발 천천히 읽어주시길. 사건을 눈으로 좇으며 휘리릭 읽으면 아무것도 아닌 이야기가 된다. 대충 읽으면 시시한 글자 낭비처럼 보일지도 모른다. 천천히 읽기를 권한다. 아무것도 아닌 것처럼 보이는 문장을 하나하나 느릿하게 읽어보라.

이야기를 끌고 가는 '나'의 어투나 표현에서 비호감을

감지하라. '나'에 공감하기보다 '나'에 시큰둥한 상태로 그가 묘사하는 거실의 분위기를 포착하라. '나'의 편견과 편협함에 코웃음쳐라. 화자인 '나'에 대한 비호감이 빌드업된다. 그리고 그 끝에서 우리는 지고한 아름다움을 경험한다. 구체적인 단어로 묘사하기 어려운, 모호하지만 강력하고 실체가 분명한 경이감을.

레이먼드 카버는 그 순간을 표현하며 'something'(번역본에서는 '대단하군요'라고 옮겼다)이라는 단어를 사용하는데, 구체적이고 휘황찬란한 단어 대신 다소 뭉툭하지만 함의가 큰 한마디를 사용한 것이다. 레이먼드 카버 식으로.

오늘에서 내일로 이어지는 작은 위로
———————————————

레이먼드 카버는 1938년 오리건주 클래츠카니라는 벌목 마을에서 태어났다. 어머니는 가게 점원 겸 웨이트리스로 일했고, 아버지는 제재소에서 톱밥 가는 사람이자 이야기꾼, 우울증 환자, 수시로 필름이 끊기는 주정뱅이로 53세에 사망했다. 카버는 20세가 되기 전에 이미 두 아이의 아버지였다. 레이먼드 카버가 가족을 부양하기 위해 전전한 직업은 청소부, 제재소 일꾼, 배달부, 소매점 점원, 출판사 편집자 등이었다. 그의 소설에 등장하게 될 사람들의 삶을 살았다. 글을 쓸 시간은 언제나 부족했다. 한숨 돌릴 여유도 없는 날들이었다. 알콜중독도 문제였다. 재정적으로, 육체적으로, 정신적으로 파산한 상태에서, 경찰서와 응급실을 오가는 나날 속에서 그는 글을 썼다.

평론가 마이클 우드는 "카버의 나라는 우리가 모두 알고 있는 곳이다. 그곳은 카버의 출신지인, 삶이 고달픈 나라다"라고 평했을 정도다. 복잡한 단어 혹은 정교하게 다듬은 긴 문장, 자신의 삶을 평론가처럼 관조하는 화자의 상념은 여기 있을 수가 없다.

삶이 고달픈 나라에서는 오늘에서 내일로 이어지는 작은 위로들이 큰 도움이 된다. 단편집 《대성당》에서 결코 놓쳐서는 안 될 또 한편의 이야기는 〈별것 아닌 것 같지만, 도움이 되는〉이다. 도와달라는 흐느낌조차 불가능한 나날을 경험해본 적이 있다면, 〈별것 아닌 것 같지만, 도움이 되는〉을 더 잘 이해할 수 있을 것이다. 〈대성당〉도 〈별것 아닌 것 같지만, 도움이 되는)도 단편이다. 하지만 제발, 제발, 제발 천천히 읽어주시길. 아무것도 아닌 것 같은 문장들이 빌드업되어 마지막에 당신은 어디론가 간다. 오직 소설만이 당신을 보낼 수 있는 그곳으로.

함께하면 좋은 것들
────────────

행동 – 방해 없는 시간과 공간

아무것에도 방해받지 않고 글과 당신만이 존재할 수 있는 곳으로 가서 읽어라. 영어 원서로 읽기도 시도해보라. 영어로 된 책을 '눈으로' 읽을 때는 이해하기 어렵지 않다. 하지만 그것을 한국어로 옮기려고 시도해보라. 단순하다고 생각했던 문장들이 한국어로 옮기는 순간 함의를 부분 상실하는 당혹스러움을 느껴보라.

옷을 입는 연인의
모습을 바라보았다

《작은 것들의 신》

아룬다티 로이

박찬원 옮김, 문학동네, 2016

✳

　나는 슬픈 이야기를 좋아하지 않는다. 하지만 슬픈 이야기에 끌린다. 개인이 끌어안은 슬픔에는 고유한 인장이 찍혀 있고, 그것이 그 사람을 특별하게 만든다고 믿기 때문이다. 슬픔은 캐릭터를 잊을 수 없게 만든다. 그래서 작가는 주인공에게 가장 공들인 슬픔을 선물한다.

　드니 빌뇌브 감독의 2010년작 영화 〈그을린 사랑〉은 반전으로 유명하다. 과장을 좀 보태면 개봉 전 부산국제영화제에서 만난 사람들 사이에서는 "그을린, 봤어?"라는 말이 인사말처럼 오갈 정도의 화제작이었고, 다들 "굉장한 반전이 있어서 자세히 말할 수 없다"고 했다. 하지만 이 영화가 고작 반전 때문에 유명하다는 사실이 날 슬프게 한다. 영화의 중심 인물 중 하나인 나왈의 삶이 반전이라는 말로 뭉개진다는 생각만으로 힘들어진다.

　개인이 시대를 뛰어넘어 존재할 수 있을까? 개인의 안녕이 삶의 기본조건으로 존중받는 곳에서라면, 개인은 얼마든 자신의 시대를 초월할 수 있을 것이다. 하지만 오늘의 잠이, 오늘의 출근이, 오늘의 등교가 영원한 이별이 될 수도 있는 사회에서라면 아무리 뛰어난 개인도 그 역량을 발휘하기는 어려울 것이다. 생존하기가 최우선 과제가 되는 삶을 살 때 인간은, 생존을 위해 다른 많은 자원을 희생시키곤 한다. 바람, 꿈, 희망, 미래 같은 단어들과 연관된 거의 모든 것들을.

거창하고 비현실적으로 느껴지는 단어들은, 그런데, 생명력이 강하다. 끝까지 살아남는다. 어떤 예술가들은 그런 희망을 포착한다. 그들은 슬픔과 절망 사이에 빛나는 아주 작은 것들을 발견하고, 그 순간을 영원으로 만든다. 그것을 우리는 예술이라고 부르기로 했다.

개인적인 절망이 충분히 절망적일 수 없는

⟩ 어떤 소설은 두 번 쓰여질 수 없다. 아룬다티 로이의 《작은 것들의 신》은 아주 오랫동안 그 증거로 언급되어 왔다. 1961년생인 아룬다티 로이가 1997년에 발표한 《작은

것들의 신》은 데뷔작인 동시에 오랫동안 마지막 소설이었다. (2017년이 되어서야 두 번째 소설 《지복의 성자》가 출간되었다.) 이 책은 부커상을 받았고, 한국에서 처음 출간되던 2006년 당시 소설 좋아하는 사람들 사이에서 제법 입소문이 났던 작품이다. 다들 슬프다고 했다. 너무도 아름답고 또한 슬프다고. 그래서 읽지 않으려고 했는데 읽었고, 나 역시 다른 무슨 말을 해야 좋을지 모르겠는 마음이 되었다.

이 책을 읽으면 언제나 후텁지근한 계절의 복판에 선다. 첫 문장. "아예메넴의 5월은 덥고 음울한 달이다." 이끼가 낀 담벼락에는 줄무늬가 생기고 이내 물러지며, 심지어 땅에서 빨아들인 습기 때문에 담벼락이 약간 부풀어오르기까지 한다. 육체적으로는 떨어져 있지만 정체성이 이어져 있는 희귀한 샴쌍둥이같은 이란성 쌍둥이 에스타와 라헬을 중심으로 이야기는 전개된다. 초반부는 거의 어지러울 만큼 빠르게 진행된다. 에스타와 라헬은 따로 성장했고, 라헬이 아예메넴으로 돌아오면서 두 사람은 다시 만났다. (현재) 외사촌 소피 몰이 익사 사고로 죽어 장례식을 치렀다. (과거) 이 모든 사건은 주의깊게 읽지 않으면 흐름을 파악하기 어렵다.

사실 우리는 인도의 인명과 지명이, 무엇보다도 사회 분위기와 제도가 낯설기 때문에 초반에 어려움을 겪게 된다. 이 소설에서는 '우리' 같은 인물도 언급된다. 라헬의 남편이었던 래리 매캐슬린이다. 그는 라헬에게 충분히 다정했지만 먼 곳을 응시하는 듯한 라헬의 눈빛에 상처입었다. 이해하지 못했기 때문에, 그 시선의 의미에 들어갈 수 없기 때문에, 배제되었다고 느낀 것이다. "그는 어딘가에서는, 라헬이 떠나온 나라 같은 곳에서는, 여러 가지 절망이 서로 앞을 다툰다는 것을 알지 못했다. 그래서 개인적인 절망은 결코 충분히 절망적일 수 없음을."

이래서는 줄거리를 알 수 없다. 다른 방식으로 요약해보겠다.

현재. 이란성 쌍둥이인 에스타와 라헬이 아예메넴에서 23년 만에 다시 만난다. 그들은 오랫동안 헤어져 있었다. 1969년, 어린 시절의 두 사람은 어머니 암무와 함께 아예메넴에 있었다. 사촌인 소피 몰이 죽었다. 경찰은 벨루타를 체포했다. (벨루타는 누구지?) 쌍둥이 중 남자아이인 에스타는 친아버지에게 '보내진다.' 라헬은 암무와 남았다. 이 사건들 사이의 인과관계를 풀어가는 내용이 《작은 것들의 신》을 이룬다. 그리고 이 사건들을 연결하는 것은 인도의 계급 제도다.

이제 벨루타를 소개할 차례다. 말라얄람어로 하얗다는 뜻의 '벨루타'라는 이름을 지닌 그는 역설적으로 아주 검은 피부색을 가졌다. 그의 아버지는 한쪽 눈이 의안인 야자나무 수액 채취꾼이었다. 벨루타는 어린 시절부터 아버지를 따라 코코넛 열매를 배달했다. 그들은 파라반 계급이었고, 불가촉천민인 파라반을 집으로 들이는 가촉민은 아무도 없었다. 윗세대 때는 불가촉천민이 말할 때, 상대에게 오염된 숨결이 가지 않게 손으로 입을 가려야 했다.

하지만 벨루타는 손재주가 있는 아이였다. 영국 제국 곤충학자가 휴가차 델리에 와 있다가 열한 살의 벨루타를 보고 그 사실을 알아차렸다. 벨루타는 목수 교육을 받을 수 있게 되었고, 목공 외에도 기계를 잘 다루었다. "그가 파라반만 아니었더라면" 엔지니어가 될 수도 있었을 것이다. 벨루타의 어머니는 아들을 걱정했다. 아들의 태도 때문이었다. 부적절한 자신감 때문이었다. 걸음걸이나 고개를 드는 방식, 침착하게 '자기 의견'을 제시하거나 '의견을 묵살하는'

방식이 다 문제였다. 그가 가촉민이라면 다 괜찮았다. 하지만 불가촉천민이기 때문에 아무것도 괜찮을 수 없었다. 그게 《작은 것들의 신》의 내용이다.

문장마다 깊게 고인 웅덩이

《작은 것들의 신》에는 섬세하게 묘사하고 또 묘사하는 감각적인 문장들이 가득하다. 그래서 내용 파악이 더 어려운 면도 있다. 문장마다 깊게 웅덩이가 고이는 것처럼 느껴질 정도니까. 이야기에 집중하기보다 문장에 집중하게 되는 면도 있어서, 《작은 것들의 신》을 다시 읽으면서는 다소 과하다고 생각한 적도 있었다. 해야 할 이야기가 있는데 이렇게 매 순간 멈춰 서서 나뭇잎을 바라보고 그의 벗은 등을 만지듯이 응시하고 작은 물방울소리에 넋을 놓는다고? 그래서 소는 언제 키울 생각이야? 이런 생각.

하지만 긴 시간 이 책을 거듭해 읽으면서 깨달았다. 이것이야말로 '작은 것들'이며, 이 순간들을 잘 붙잡는 방식이야말로 '작은 것들의 신'이 우리의 삶에 깃드는 방식임을. 카멜레온 한 마리가, 색이 아주 선명한 히비스커스 한 송이가, 바쁘게 움직여 몸을 숨기는 잿빛 정글 새가 삶을 생생하게 증명하는 순간 등장하는 윤이 나는 대나무 경찰봉. (이 즈음에서 또한 말해야 할 것은 아룬다티 로이가 이 소설을 쓴 뒤로는 소설이 아닌 비소설 작업을 오래 했는데, 인도의 핵무기 개발, 대형 댐 건설, 세계화와 신자유주의, 소수자 탄압과 카스트 제도 등에 꾸준히 반대 목소리를 내며 글쓰기로 정치적 투쟁을 활발히 했다는 사실이며, 그것은 '거대한 것들'을 직접 언급함으로써 '작은 것들'을 지키는 그의 고집스러운 방법론이라는 사실이다.)

가장 슬프고 아름다운

《작은 것들의 신》은 가진 게 없어서 미래도 없었기 때문에 오직 지금 피어 있는 것들에만, 그 작은 것들에만 집착했던 연인들의 이야기다. 그 행복은 '당연하게' 으깨진다. 감히 상상해본 이상으로 처참하게.

마지막으로는, 이 소설에서 내가 가장 사랑하는 대목

을 소개하고 마무리하고 싶다. 가장 슬픈 대목이고, 가장 아름다운 대목이다. 소설을 읽지 않은 사람에게라면 아무 것도 의미하지 않을 문장들이고, 그저, "어린 시절이 발끝 으로 살금살금 나가버렸다" 같은 문장의 절묘함에 탄식할 지도 모르겠다. 내게 이 대목은 소설의 거의 모든 것이 녹아 있는 부분이다.

지킬 것이 있는 사람은 강하다. 죽는 순간에조차 강하 다. 타인이 범할 수 없는 인간의 존엄을, 누군가를 보호함으 로써 끝내 지켜낸다.

하지만 역시 너무 슬퍼. 여기에 옮겨 적으면서 또 한 번 크게 운다. 벨루타, 당신을 위한 행복을 기원할게. 암무를 위해서도. 두 사람이 함께 있기를.

에스타의 마음속에서 죽은 물고기가 떠올랐다. 한 경찰 관이 발로 벨루타를 찔렀다. 반응이 없었다. 토머스 매슈 경위가 웅크리고 앉아 지프 열쇠로 벨루타의 발바닥을 긁었다. 부풀어오른 눈이 떠졌다. 주변을 둘러보았다. 그 러다가 피로 덮인 막 너머로 사랑하는 아이를 보고 시선 이 멈췄다. 에스타는 벨루타의 무언가가 미소 지었다고 생각했다.

입은 아니었지만, 다치지 않은 어딘가. 어쩌면 그의 팔꿈치가. 아니 어깨일지도.

경위가 질문을 던졌다. 에스타의 입이 네, 라고 답했다.

어린 시절이 발끝으로 살금살금 나가버렸다.

침묵이 번개처럼 미끄러져 들어왔다.

누군가 불을 껐고 벨루타의 모습은 사라졌다.

함께하면 좋은 것들
_____

음악 - 진수영의 〈서로 말하지 않아도〉

영원히 이별한 후에야, 해야 할 말이 남아있음을 알게 되곤 한다. 바라기는, 부디 말하지 않았어도 전해졌기를.《작은 것들의 신》을 덮을 때마다 마음속으로 되뇌이는 기도.

죽음이
말했어

《작은 미덕들》
나탈리아 긴츠부르그
이현경 옮김, 휴머니스트, 2023

＊

　언제나 잃을 것이 있다. 이미 많은 것들이 사라졌다고
믿는 순간에조차 삶을 지탱하는 최후의 것들이 있다. 다르
게 말하면, 언제나 무언가를 가지고 있다.

　영화 〈아임 스틸 히어〉는 브라질의 바우테르 살리스 감
독이 10년 만에 발표한 영화다. 1971년 리우데자네이루의
해변가에 위치한 집에서 부부와 다섯 아이가 활기찬 나날
을 보내고 있다. 바다는 매일 푸르지만 시선을 조금만 돌려
보면 은은한 불안이 이들을 감싸고 있다. 군사독재 정권하
의 브라질에서는 정부에 반하는 사람들을 감시하고 잡아
가두는 일이 일상이었다. 하루가 멀다 하고 손님들이 드나
드는 루벤스와 유니스의 집에 어느 밤 낯선 손님들이 찾아
온다. 물을 것이 있다며 루벤스를 데려간 남자들은 얼마 뒤
에는 유니스도 데리고 간다. 며칠간 심문을 당한 유니스는
집으로 돌아오지만 남편의 소식은 들을 수가 없다. 그렇게

1996년, 2014년으로 속절없이 시간은 흐른다.

군부독재 세력에 의해 목숨을 잃었지만 시체조차 찾을 수 없게 된 남편의 '사망진단서'를 받기까지 긴 시간 투쟁한 유니스를 〈아임 스틸 히어〉는 끈기와 담대함으로 그려낸다. 누군가는 우아함이라고도 부를, 처참했던 시간의 기록이다. 영화를 본 날 밤에 다른 시대, 다른 인물, 다른 장소, 다른 고통을 다루며 또 다른 방식의 담대함이 빛나는 글을 읽었다.

차분해 보이지만 속으로는 들끓는

───────────────────

나탈리아 긴츠부르그의 에세이 《작은 미덕들》에 실린 첫 번째 글 〈아브루초에서의 겨울〉의 마지막 단락을 읽고 숨을 헉 들이켰다. 그리고 다시 처음부터 읽었다. 글 초입에 적힌 "신이 우리를 위해 평화의 순간을 창조하셨다"는 문장이 새롭게 읽힌다.

〈아브루초에서의 겨울〉은 아브루초에서의 유형 생활을 회고하는 산문이다. 1916년에 이탈리아 팔레르모의 유대계 가정에서 태어난 나탈리아 긴츠부르그는 해부학자였던 아버지를 따라 토리노에서 성장기를 보낸다. 문화 예술 분야의 글을 쓰던 긴츠부르그는 1938년 반파시스트 활동을 하며 출판사를 공동 설립한 레오네 긴츠부르그와 결혼했다. 그들은 2년 후 파시스트 당국에 의해 시골 마을 아브루초로 추방되었는데, 그 시절의 이야기인 것이다.

아브루초는 이탈리아 중부로, 아드리아해에 면해 있고 아펜니노산맥이 관통한다. 바다와 산이 있는 데다가 기후는 여름과 겨울 두 계절만 있는 곳이다. 불을 때는 데 사용한 목재에 따라 달라지는 불길의 기세로 가난한 이들과 부자들을 쉽게 구분할 수 있던 시절이었다. 이곳의 여자들은 계급을 막론하고 엇비슷해보였는데, 과로와 영양부족, 쉴 새 없이 계속되는 힘겨운 출산과 모유 수유 때문에 서른 살쯤이면 이가 거의 빠졌기 때문이다. 이곳에서 "우리는 유형 생활 중이었다".

부부는 저녁이면 산책을 했고, 마을 사람들은 그들을 볼 때마다 이것저것 질문을 던졌다. '배운 사람'인 남편에게 지원금이니 세금이니 하는 것들부터 이를 뽑기에 좋은 계절까지 온갖 질문이 튀어나왔다. 동네 사람들의 이런저런 소식들이 그들의 귀에 들어왔지만 어느 것도 오랜 잔상을 남기진 못했다. 다만 강했던 것은 그리움이었다. 향수는 걷잡을 수 없을 정도로 오직 커지기만 했다. 그들이 살던 도시에서 편지가 오는 날이면 그리움은 고통이 되고 증오가 되었다. 축하할 수 없었던 결혼식, 추도할 수 없었던 장례식의 명단이 쌓여가자 그들은 자신이 살고 있는 도시의 모든 것을 증오했다. 동시에 그 증오가 부당하다는 것도 알았다. 어쨌든 마음은 마음대로 되는 게 아니었다. 겉으로 보기엔 차분해보이지만 속으로는 오만 것이 들끓는 가운데 이 짧은 산문은 끝을 향해 간다. 감히 요약할 수 없는 내용이 된다.

안개처럼 깔려 있는 죽음

《작은 미덕들》에는 1944년부터 1962년까지 그가 발표한 에세이 11편이 실렸다. 2차 세계대전의 여파를 고스란히 겪어낸 서유럽의 풍경이 담겨 있다. 놀랍지 않은 일이지만 여기에는 시종일관 죽음이 안개처럼 낮게 깔려 있다. 〈영국에 대한 찬사와 유감〉처럼 죽음과 가장 거리가 멀 것 같은 글에서조차 그렇다. '점원이 멍청하다, 상상력이 부족하다, 그럴듯한 외국 것을 가져다 가장하기를 즐긴다'는 식의 투덜거림에 가까운 영국론이 이어지다가 "우울의 나라에서는 생각이 항상 죽음을 향해 있다"라고 하는 식이다. 죽음은 그림자, 죽음은 침묵. 그도 그럴 것이 전쟁 동안 수많은 집이 무너지는 것을 목격한 사람들은 이제 자기 집에 있어도 안전하다는 기분을 느낄 수 없다.

《작은 미덕들》을 읽으면 인간은 시대의 산물이라는 생각을 하게 된다. 우리가 어떤 사람이 되는 것은 우리의 자질과 미덕, 꿈과 희망 때문이지만 그보다 더 중요하게는 이 시대 이곳에 태어났기 때문이다. 그런 이유로 《작은 미덕들》에 나오는 로마도 런던도 낯설다. 삶의 방식이 달라서이기도 하지만 사람들의 생각이 달라서다. 생각이 다른 사람들은 세상을 다른 방식으로 인식하고 살아간다.

한밤에 초인종이 울리면 '경찰'이라는 단어밖에 떠올리지 못한다는 책 속 표현은, 영화 〈아임 스틸 히어〉에도 적용된다. 박해받은 사람들은 시간이 흐른다고 어느 하나 잊을 수 없다. 잊었다고 생각하고 살아가다 보면 무의식이 모든 것을 엉망으로 만들어버린다.

우리는 현실의 가장 어두운 얼굴을 보았다. 우리는 이제 그것에 혐오감을 느끼지 않는다. 작가들이 통렬하고 폭력적인 언어를 사용해서 가혹하고 슬픈 일들을 이야기하고, 가장 암울한 언어로 현실을 표현한다고 불평하는 사람들이 아직도 있다.

우리는 우리가 쓰는 글에서 거짓말을 할 수 없고 우리가 하는 어떤 일에서도 거짓말을 할 수 없다. 어쩌면 이것이 전쟁에서 우리가 얻은 단 하나의 좋은 점일지도 모른다. 거짓말을 하지 말라. 그리고 다른 사람의 거짓말을 참지 말라.

-〈인간의 자식〉 중에서

죽음의 그림자는 침묵에 대한 통찰에도 스며든다. 사람들이 말을 하지 않기 위해 때로 영화관에서 잠을 자고(영화관에서는 스크린이 말하니까 동행인에게 말해야 한다는 부담으로부터 자유로울 수 있다), 게임을 하거나 섹스를 한다는 것이다. 이런 모든 행동은 시간을 죽이기 위한 것이며, 본질적으로 침묵을 죽이기 위해서다.

그들이 바란 미래에 우린 도달했을까

책 제목이 된 마지막 수록작 〈작은 미덕들〉은 첫 번째 수록작 〈아브루초에서의 겨울〉과 더불어 꼭 읽어야 할 글이다. 제목이 주는 인상과 다르게 이 글은 자녀를 교육할 때 (작은 미덕들이 아니라) 큰 미덕들을 가르쳐야 한다면서 시작한다. 절약이 아니라 돈에 대한 관대함과 무관심을, 신중함이 아니라 용기와 위험을 두려워하지 않는 태도를, 기민함이 아니라 솔직함과 진리에 대한 사랑을, 외교술이 아니라 이웃에 대한 사랑과 헌신을, 성공에 대한 욕망이 아니라 존재하는 법과 앎에 대한 열망을 가르쳐야 한다고.

전쟁이 끝난 뒤의 세상을 살아가는 아이들을 보면서 읊조리는 기도문처럼 이 소망을 늘어놓는다. 여기서부터 이 글은 조금 복잡해진다. 큰 미덕이 중요하다고 주장하는 글이 아니어서다. 이 글에 따르면 우리의 교육체계는 작은 미덕들에 기반을 두고 있다. "작은 미덕에는 어떤 물리적 위험도 포함되어 있지 않을 뿐만 아니라 운명의 타격을 피하게 해준다"는 이점이 있다는 것이다.

우리가 살고 있는 2020년대는 이 글에서 말하는 작은 미덕이 다른 모든 미덕과 미덕 아닌 것들을 압도하는 시대다. 우리는 우리 자신에게 그리고 다음 세대에 돈에 대한 집착을, 달걀을 한 바구니 안에 넣지 않는 신중함을, 그때그때 다르게 처신하는 기민함을, 사랑과 헌신에 앞서는 그럴듯한 외교술을, 그리하여 성공에 대한 욕망을 뿌리 깊게 내재화하라고 가르친다. 세계대전을 겪은 사람들이 바랐던 그 미래에 우리는 도달했을까. 아닌 것 같다. 이 결론은 못내 슬프고 쓸쓸하다.

〈아임 스틸 히어〉가 긴츠부르그의 남편이 세상을 떠나고 30여 년쯤 지나서의 이야기라는 점을 생각하면, 또 그로부터 30여 년이 지나 지금 전쟁을 겪는 지역을 돌아보면 《작은 미덕들》에 흘러넘칠 듯 찰랑이는 슬픔이 무엇인지 비로소 알게 된다. 먼저 겪는 사람들만이 무엇이 다가오는지 제대로 알 수 있는 법이다.

함께하면 좋은 것들

〈아임 스틸 히어〉를 같이 보면 좋겠다. 또한 〈핀치 콘티니의 정원〉
(조르조 바사니의 소설을 비토리오 데 시카가 영화화한 작품)을 함께
보아도 좋겠다. '그리움'과 '슬픔'의 조합이 인상적인 작품들이다.

미친 여자가
맞았을까

《다락방의 미친 여자》

샌드라 길버트, 수전 구바

박오복 옮김, 북하우스, 2022

✳

　　새벽 3시라는 시간 때문이었을까, 내 안의 음란마귀 때문이었을까. 스무 살 무렵 채널을 돌리다가 〈카리브해의 정사〉라는 그럴듯한 제목의 영화를 보게 되었다. 1840년 자메이카. 거대한 농장을 경영하는 어머니 아래 자라난 앙투아네트가 주인공이다. 앙투아네트는 야성적이고 거침없는 성격이다. 흑인 노예들과 영국에서 온 귀족들이 혼재된 자메이카에서, 앙투아네트는 영국에서 온 신사 에드워드 로체스터를 만난다. (여기서 나는 생각했다. '로체스터라니, 나도 로체스터라는 남자를 아는데. 영국에서는 흔한 이름일지도?') 로체스터는 앙투아네트의 야성적 아름다움과 그녀의 막대한 재산에 이끌려 청혼한다. 어느 쪽이 더 중요한지는 알 수 없지만 어쨌든 로체스터는 만족스러운 나날을 보낸다. 그리고 마치 자메이카의 힘(?) 때문인 것처럼 로체스터는 흑인 하녀와의 성관계에 몰두하고… 흑인 노예들이 억압을 견디다 못해 지른 불 때문에 사망한 어머니가 그랬듯이,

앙투아네트는 점점 불안정해진다. 〈카리브해의 정사〉는 열대의 에로티시즘을 보여주는 화면을 연신 보여주다가 후반부로 가면 갑작스럽게 전개가 빨라진다. 앙투아네트의 광기는 날로 심해지고, 로체스터는 그녀의 재산과 그녀를 데리고 영국으로 돌아가며, 거대한 저택에서 어느 날 미친 여자가 불을 지른다….

　　야한 영화 좀 보려고 했다가 심란한 엔딩을 보게 되어버린 나는 아무래도 이상한 기분을 견딜 수 없었다. 주인공은 분명 앙투아네트다. 그런데 저 남편 녀석은 대체 뭐하는거지? 이 분열적인 영화의 상태는 대체 뭐가 문제지? 〈카리브해의 정사〉라는 제목은 영화의 주인공들—특히 앙투아네트—과 너무 따로 놀았다. 앙투아네트의 야생성과 광기는 마치 로체스터의 일탈의 핑계가 되어주는 것처럼 보였고, 이건 아니라는 생각이 들었다. 게다가 마지막 대목이야말로 나를 미치게 만들었다. 거대하고 차가운 영국의 대저택, 다락방에 갇힌 미친 여자, 그 여자가 지르는 불. 그런데 그 여자의 남편 이름이 로체스터라니. 아무래도 이 로체스터가 그 로체스터인 것 같았다. 내가 아는 로체스터. 심지어 내가 '좋아하는'.

미친 여자를 다시 이해할 때

영화의 원제를 찾아보니 'Wide Sargasso Sea'였고, 검색결과에 나란히 뜬 것은 진 리스의 소설이었다. 1966년에 발표된 이 소설을 한 문장으로 설명하자면 이렇다. "샬럿 브론테의 소설 《제인 에어》의 프리퀄". 미스터리는 모두 풀렸다. 나는 오싹하고도 슬픈 기분에 사로잡혔다. 그 여자였구나, 후대의 여자 작가가 그 여자에 대한 이야기를 소설로 썼구나. 그런데 그 이야기가 영화화되면서 야성적이고 육감적인 여자가 미치는 이야기가 되어버렸구나. 이 끔찍한 영화(와 한국어판 제목까지)가 《제인 에어》에서 잠깐 언급될 뿐이었던 버사 메이슨이 처한 슬프고 열받는 상황을 보여주는 것 같았다.

이쯤에서 누군가 물을지도 모르겠다. 뭐가 슬프고 뭐가 억울한데? 그 여자는 미친 방화범 아니냐고. 그 불 때문에 로체스터는 한쪽 눈이 뽑혔고 한 손은 완전히 짓뭉개졌다. 결과적으로 두 눈의 시력을 잃었고 한 손은 잘라내야 했다. 《제인 에어》를 어려서 처음 읽었던 때부터 오랫동안 나는 그 미친 여자를 원망하고 저주했다. 그 화재만 아니었다면 제인 에어와 로체스터의 재회는 더 빨랐을 것이며 엔딩은 더 밝은 분위기였으리라 믿었기 때문이었다.

책은 그 자리에 있지만 독자는 성장한다. 《제인 에어》를 다시 읽을 때마다, 왜 그 여자는 거기 갇혀 지내야 했을까 하는 미심쩍은 마음이 드는 것을 막을 수 없었다. 그리고 《다락방의 미친 여자》를 만났다. 한국에 2009년 처음 소개된 이 책은 미국에서 1979년에 처음 출간되었다. 안 읽은 사람은 있어도 읽었지만 안 좋아하는 사람은 없는 책이었다. 하지만 소수의 사람만 아는 책으로 남았기에 자연스러운 수순으로 절판되었는데, 중고가격이 원래 책 가격의 10배 가까이 치솟으며 화제가 되었다.

2022년 재출간된 이 책은 무려 1,168쪽의 양장본에 140x220mm라는 거대한 크기로, 무게도 1.5킬로그램이 넘어서 아무리 좋다 해도 출퇴근길에 가지고 다니며 읽으라고는 못하겠다. 하지만 제인 오스틴부터 샬럿 브론테, 에밀리 브론테, 메리 셸리 같은 19세기 여성문학의 영향 아래 십 대를 보낸 독자라면 이 책은 기필코 반드시 절대로 어떻게든 읽어야 하는 책이라고 감히 추천하고 싶다.

미국의 영문학자 일레인 쇼월터는 이 책이 처음 출간된

순간을 이렇게 묘사했다. "놀라운 순간이었다. 문학과 여성학을 공부하는 이들이 일제히 흥분해서 환호를 보냈다." 이 말에는 한 치의 과장도 없다. 《다락방의 미친 여자》는 19세기 여성 작가들의 삶과 작품을 통해 의식과 무의식을 분석하고 해체한다. 제목 자체가 거대한 메타포가 된다. '미친 여자'라는 말.

이 책의 띠지에는 버지니아 울프의 말이 적혀 있다. "그 시절, 위대한 재능을 타고난 여자라면 누구라도 틀림없이 미치고 말 것이다." 《제인 에어》는 그 이야기를 하기에 더없이 적합한 재료가 된다.

그녀들의 감금된 굶주림, 반항, 분노
_____

《제인 에어》의 주인공 제인은 당시로서는 상당히 급진적인 생각에 사로잡혀 있다. 이 책은 처음 발표되었을 때 사회조직과 관습, 그리고 사회규범을 거부하는 '반기독교성'으로 충격을 안겼다. 제인의 바이런적인 자존심과 열정, 그리고 사회적 운명에 순종하기를 거부하는 성격적 특성은 이 작품이 이후로도 오랫동안 독자들을 매혹시키는 이유가 되었다. 제인이 맞선 가장 중요한 사람은 계급적으로, 성별적으로 다른 편에 있는 로체스터가 아니라 그의 미친 아내 버사이며, 둘의 만남은 《제인 에어》의 가장 중요한 대결이 된다. 이 대결과 만남은 "제인 자신의 감금된 '굶주림, 반항, 분노'와의 대결과 만남이며 자아와 영혼의 내밀한 대화다." 이 대화의 결과가 이 소설의 플롯이며, 로체스터의 운명과 제인의 성숙이 모두 달려있는 것이다.

제인이 가장 존경하는 여성은 숙녀가 갖추어야 할 미덕(관대함, 교양, 예의범절, 억제)을 고루 갖춘 미스 템플 선생이다. 그러나 소설에 은은하게 드러나 있는 바에 따르면 미스 템플 역시 무언가를 억누르는 사람으로, 들끓는 거친 감정들을 가두는 데 성공했을 뿐이다. 템플 선생과 헬렌 번스가 어떤 의미에서 어머니와도 같은 존재였다고 한다면 로체스터의 손필드 저택은 고딕 소설에서 자주 볼 수 있는 거대한 무덤과도 같은 공간이다. 3층은 손필드에서 가장 상징적인 곳인데, 전부 닫힌 작은 검은 문들이 늘어선 복도가 마치 《푸른 수염》에 나오는 성의 통로처럼 보이는 곳이다.

《푸른 수염》! 가지 말아야 하는 곳을 빼고는 모든 곳을 가도 좋다는 푸른 수염의 성을 기억하는가? 가지 말아야 하는 바로 그곳에 우리가 반드시 들어가게 되리라는 예언이 되는 경고의 말을. 이 3층에서 제인은 처음으로 로체스터가 숨겨놓은 아내 버사의 '뚜렷하고 음울한 웃음소리'를 듣는다. 이 웃음은 어떤 의미에서는 제인 자신의 숨겨진 자아와도 같다.

거울 앞에 설 줄은 알아야 한다

나보다 앞서 내 자리에 있던 그 여자, 내가 앞으로 될지도 모르는 그 여자. 그 여자와 관련해 더 이야기하기 위해 《다락방의 미친 여자》는 에드워드 페어팩스 로체스터에게 시선을 돌린다. 제인과 로체스터의 첫 만남은 신화적으로 연출되어서 마치 동화 속의 한 장면 같다. 하지만 그 끝에 결혼이 있을 줄 알았던 이야기는 결혼식 당일의 파국으로 이어지고, "제인은 결혼식이 좌절된 뒤, 로체스터가 서로의 사랑과 동등성을 제외한 모든 것, 신분 상승과 섹스와 돈 때문에 버사 메이슨과 결혼했다는 사실을 알게 된다."

제인과 버사는 달라도 너무 다른 사람들 아닌가? 《다락방의 미친 여자》는 둘의 유사성을 짚어간다. 그리고 우리는 불현듯, 제인의 입에서 나온 말이 버사에 의해 실현되었다는 사실을 알게 된다. 27장에 나오는 바로 그 말. "너는 오른쪽 눈을 잃게 될 것이다. 너의 오른손을 잘라낼 것이다." 이 책을 읽고 나서는 로체스터를 전과 같은 눈으로 볼 수 없게 된다. 버사 메이슨 역시 이전과는 다르게 보인다.

물론 그렇다고 해도 당신은 여전히 로체스터가 좋을 수 있다. 소설을 읽는 은밀한 즐거움은 너무 자주 '올바름'과 무관한 곳에 존재하니까. 하지만 거울 속에서 나를 마주 보는 그 여자를 응시하는 법 정도는 알아야 한다. 우리는 더 이상 19세기에 살지 않는다.

함께하면 좋은 것들
_____

영화 – 윌리엄 올드로이드의 〈레이디 맥베스〉
버사 메이슨이 이 영화의 캐서린처럼 살았다면 조금은 더 나았을까. 여러 고민을 하게 만드는 영화다.

유령 소녀를
다시 만나기 위하여

《워더링 하이츠》

에밀리 브론테

유명숙 옮김, 을유문화사, 2010

＊

제법 인기 있는 이분법적 질문의 세계가 있다.

너 짜장 좋아해? 아니면 짬뽕 좋아해?
너 오아시스 좋아해? 아니면 블러 좋아해?
너 《제인 에어》 좋아해? 아니면 《폭풍의 언덕》 좋아해?

아빠는 《폭풍의 언덕》 파였고, 나는 《제인 에어》 파였
다. 아빠가 좋아한 또 다른 소설로는 알퐁스 도데의 〈별〉
이라는 단편소설이 있는데, 결론만 간단히 말하자면, 나는
《폭풍의 언덕》을 추천받아 초등학교 고학년 때 읽고는 아
빠의 애정관에 어딘가 문제가 있는 것 같다는 생각을 하게
되었다. 《제인 에어》를 좋아했던 나의 애정관이 훌륭하다
는 말을 할 생각은 없다. 하지만 초등학생의 눈으로 《폭풍
의 언덕》을 읽으면서 '배우는' 사랑이란 몹시 뒤틀린 감정
이었다. 따뜻하고 포용적인 감정이 아니라, '너' 아닌 세계를

모두 배제하려 쓸어버리는, 죽음을 끝끝내 넘어서 끈질기게 추격하는, 그 과정에서 독자가 이야기에 중독되게 만드는 것이 《폭풍의 언덕》이 내게 가르친 사랑이었다. 다만 K 장녀로서, 아빠가 이 소설을 내게 추천했다는 데에서 불길함을 느꼈다.

번역 선택의 난제
————————

첫 독서가 시큰둥했던 것 치고 《폭풍의 언덕》은 몇 번을 다시 읽었다. 올해만 두 번을 더 읽었는데, 번역 때문에 서로 다른 판본을 읽었다. 홍한별 번역가와 인터뷰를 하면서 번역의 관점에서 흥미롭게 읽은 책을 물었을 때 언급된 책 중 하나가 김정아 번역가의 문학동네판 《폭풍의 언덕》이었다. 캐서린이라는 인물을 '그렇게까지' 대범하게 구현한 데 대한 감탄과 함께.

몇 달이 지나서는 SNS에서(정확히는 트위터에서) 누군가가 《폭풍의 언덕》 번역본이 많은데 뭘 읽어야 할지 모르겠다고 질문한 데 대해, 유명숙 번역가의 을유문화사판 《워더링 하이츠》가 자주 언급되는 일이 있었다. 이 번역본을 추천한 사람들의 공통된 의견에 따르면, 캐서린이라는 인물이 잘 구현되었다고 했다. 심지어 이 책의 판본을 여러 권 읽어본 사람들의 추천이 그러하니 더 솔깃해서 읽어봤다. 두 권에 대한 추천평이 비슷하다는 점도 흥미롭다. 그러니까, 《폭풍의 언덕》과 몰입 독서에서 가장 중요한 인물은 바로 '캐서린'이라는 것이다.

고전을 읽을 때 번역본의 선택은 독서에 지대한 영향을 미치지만 결정하기 보통 어려운 것이 아니다. 여기에는 몇 가지 난제가 따라붙는다. 가장 중요한 것은 번역 작업이 이루어진 시대다. 예를 들어 1970년대에 번역된 책을 지금 읽어보면 세로쓰기 때문에 곤란을 겪기도 하지만 더 중요하게는, 방언처럼 느껴질 정도의 문어체와 과도한 한자어 사용(한글이 병기되지 않은 경우도 적지 않았다) 등으로 '어색하게' 읽힌다. 과속방지턱이 10미터에 한 번씩 등장하는 격이라 독서에 속도를 내기가 어렵고 집중하기도 쉽지 않다. 그래서 예전 번역 작업을 새로 손봐서 출간하는 경우도 생긴다.

헤르만 헤세의 《데미안》 북하우스판은 전혜린 번역본 인데, 전혜린 타계 60주기를 기념해 전혜린이 번역한 《데미안》을 되살린 복원본이다. 외래어 표기와 맞춤법, 오기誤記, 띄어쓰기를 제외하고, 전혜린이 생전에 출간했던 판본 《노오벨賞文學全集 5: 데미안小說》(新丘文化社, 1964)을 되살린 책이다. 최초의 유학파 한국 여성 독문학자가 독일어 원문을 한국어로 번역한 최초의 번역본이라는 점을 감안해 2025년 여름에 (재)출간되었다.

번역이 이루어진 '시대'의 문제는 단순히 한자 표현이나 외래어 표기 등의 문제에만 국한되는 것이 아니다. 이를 극명하는 보여주는 예가 존 딕슨 카의 추리소설 《황제의 코담뱃갑》이다. 이 작품은 세 가지 번역본이 있는데, 이동윤 번역가의 엘릭시르판 《황제의 코담뱃갑》, 전형기 번역가의 동서문화사판 《황제의 코담뱃갑》, 강호걸 번역가의 해문출판사판 《황제의 코담배케이스》가 그것이다. 이 중 동서문화사판은 '동서 미스터리 북스' 시리즈로 엮여 출간됐는데, 추리 소설 고전이 즐비한 그야말로 황금 같은 라인업을 자랑한다. 이 시리즈는 1977년에 '동서 추리 문고'라는 시리즈로 처음 출간되었고, 2003년에 '동서 미스터리 북스'라는 시리즈로 일제히 재출간되었다. 그런데 번역이 1977년 번역 그대로였다.

한국은 1996년에 베른 협약에 가입했는데 이 전까지 수많은 출판사가 해외의 출판물을 저작권 개념 없이 마구잡이로 출판했다. 베스트셀러였던 고려원의 '영웅문 3부작' 역시 그런 사례였다. 1977년 당시 동서문화사는 수많은 걸작 추리소설 고전의 일본어 번역판을 중역해서 '동서 추리문고'를 만들었다. 즉, 영어로 쓰인 소설이라고 치면 그 소설의 영어 판본이 아니라 일본어 번역본을 한국어로 다시 옮겼다는 뜻이다. 그래서 일본어 번역자의 번역투가 그대로 옮겨왔고, 때로는 원래의 분위기와는 제법 다른 경우도 적지 않았다. (참고로 2003년에 시리즈가 다시 출간되던 때는, 베른 협약 이전에 저작권 승인 없이 낸 책의 재판은 가능해도 개정판은 낼 수 없었기에, 2003년에 1977년 번역을 수정 없이 그대로 책이 출간됐다.)

나는 동서문화사의 《황제의 코담뱃갑》을 오랫동안 몇 번이나 반복해 읽을 정도로 좋아했는데, 엘릭시르판 《황제의 코담뱃갑》이 출간되자마자 사서 읽고는 당황하게 된 것이었다. 트릭은 그대로인데 분위기가 달라졌다고 해야 할까.

황당하게 들릴지도 모르겠지만, 일본어 중역본 쪽이 때로는 더 '맛깔나게' 윤문되어 읽혔기 때문이었다.

첫 문장 비교하기

하지만 같은 시대에 번역되었다고 해도 어떤 번역본을 읽을까는 감상에 큰 영향을 미친다. 단어의 선택부터 전체적인 분위기 조절에 이르기까지, 등장인물 간의 존댓말 사용부터 대화를 통한 캐릭터 구현까지 하나하나가 다 중요하다. 게다가 '잘 된' 번역인지를 판가름하려면 원문을 충분히 읽고 이해하고 해석할 수 있는 능력이 있어야 하는데, 솔직히 그런 능력이 있으면 원문을 읽었겠지… (한숨) 책을 사면서 여러 판본의 번역을 한국어만 가지고 고른다는 일은 한계가 있을 수밖에 없다는 말이다.

그래서 번역본을 고를 때 자주 사용되는 방법(꼼수) 중 하나는, 첫 문장이 유명한 소설을 골라서 첫 문장만 비교하는 것이다. 대표적으로는 《위대한 개츠비》와 《오만과 편견》이 있다.

《위대한 개츠비》

지금보다 어리고 쉽게 상처받던 시절 아버지는 나에게 충고를 한마디 해 주셨는데, 나는 아직도 그 말씀을 마음속 깊이 되새기고 있다. _김욱동 옮김, 민음사, 2010

지금보다 어리고 민감하던 시절 아버지가 충고를 한마디했는데 나는 줄곧 그 말을 곱씹어왔다. _김영하 옮김, 문학동네, 2025

내가 지금보다 나이도 어리고 마음도 여리던 시절 아버지가 충고를 하나 해주셨는데, 그 충고를 나는 아직도 마음속으로 되새기곤 한다. _김석희 옮김, 열림원, 2013

《오만과 편견》

재산깨나 있는 독신 남자에게 아내가 꼭 필요하다는 것은 누구나 인정하는 진리다. _윤지관, 전승희 옮김, 민음사, 2003

부유한 독신 남성에게 아내가 필요하다는 것은 누구나 인정하는 진리이다. _고정아 옮김, 시공사, 2016

큰 재산을 가진 미혼 남자라면 마땅히 아내가 필요하다는 것은 누구나 인정하는 진리다. _류경희 옮김, 문학동네, 2017

고전문학의 독서는 '집에 있는 책을 읽는다'는 식으로 접하는 경우도 적지 않다. 번역을 '고른다'는 감각 없이, 어쩌다 읽은 첫 책이 그 작품의 목소리를 전부 결정해버리는 식으로 말이다. 그러니 '별로'라는 감각이 만연했던 과거의 독서에 다시 한 번 새 번역이라는 기회를 줘 보면 어떨까.

워더링 하이츠와 폭풍의 언덕 사이

　그렇게 복잡한 경로로 선택한 을유문화사의 《워더링 하이츠》가 '폭풍의 언덕'이 아닌 '워더링 하이츠'라는 제목을 선택한 이유는 소설의 원제 'Wuthering Heights'가 고유명사라서다. 지도 앱을 열어 '하이츠'라고 검색해보면 제목을 이해하는 데 도움이 될 것이다.

　소설에서는 '워더링 하이츠'라는 저택(과 그 집에 사는 사람들)이 지니는 장소성이 중요하다. 한국에서는 단지가 크지 않은 아파트나 빌라에 자주 붙이는 표현이며, 해외에서는 높은 곳에 있어 전망이 좋은 집에 붙이는 명명이다. 그러니까 워더링 하이츠는 워더링 하이츠고, 이 단어를 억지로 해석하려는 순간 '롯데캐슬'이라는 아파트 브랜드를 '롯데 성'이라 번역하는 격의 망측한 결과가 생길 수 있다. 성 castle이라는 뜻에서 '캐슬'이라고 명명한 게 아니니까. 사람의 이름을 포함한 고유명사는 음차하는 것이 일반적이라는 점을 감안하면 《워더링 하이츠》는 《워더링 하이츠》일 수밖에 없다. 하지만 역시 "폭풍의 언덕"이야말로 더 그럴싸하게 낭만적이다. 폭풍이 부는 밤, 비극적 운명의 연인이 끝내 닿을 수 없는 서로를 향해….

을유문화사판 《워더링 하이츠》를 번역한 유명숙 번역가는 '폭풍의 언덕'이라는 제목이 독자를 오도하는 문제를 지적한다. 1958년 교양사에서 출간된 초역본에서 《哀情(애정)》이라는 제목으로 선을 보인 이 책은, 1959년 같은 역자(안동민)가 여원사판에서 《暴風(폭풍)의 언덕》으로 제목을 바꾸면서 지금까지 같은 제목을 유지해왔다. 이 '낭만적' 상상의 여지는 1939년에 만들어진 윌리엄 와일러 감독의 영화도 취했던 전략이었다. 소설을 '사랑이 전부인' 이야기로 보이게 만든 것이다. 유명숙 번역가가 '옮긴이의 말'에서 "《워더링 하이츠》를 폭풍처럼 휘몰아치는 사랑 이야기로 보기로 하면 어림잡아 원전의 10분의 1만 번역하면 된다"라고 한 말은 그래서 중요하다.

문자화된 세계

─────────

《폭풍의 언덕》은 이상하고 복잡한 소설이다. 이상하다고 하는 이유는 이렇다. 서머싯 몸은 이 소설이 동시대의 어떤 소설과도 관계 맺고 있지 않음에 주목한 바 있는데 '완성도'만 따지면 구성은 엉성하고, 작가는 과장되고 현학적인 문체를 즐겨 쓴다고 했다. 그러니까 이 소설이 쓰이기까지의 계보를 파악하기가 어렵다는 것이다.

하지만 《다락방의 미친 여자》의 저자들은 구성 기법에서 이 소설은 메리 셸리와 《프랑켄슈타인》의 영향 하에 있다고 언급한다. 주요 등장인물들의 일기와 편지, 그리고 입에서 입으로 전해지는 이야기는 《프랑켄슈타인》이 취하는 서술 전략과 유사하다고 말이다. 특히 문자화된 증거를 중시하는 면이 닮아, 책과 독서에 강박적으로 느껴질 정도로 집착하는 순간들이 있다고. 메리 셸리는 《여성의 권리 옹호》를 쓴 페미니스트 메리 울스턴크래프트와 무정부주의 정치 철학자였던 윌리엄 고드윈의 딸이었으니 문자화된 세계를 중시하는 점이 놀랄 일은 아니다.

그런데 에밀리 브론테는? 이 대목에서 에밀리 브론테를 포함한 네 남매가 19세기 영국 문학계의 변두리였던 웨스트 라이딩에 살았다는 점을 생각해야 한다. 물론 그들의 부모는 문학에 조예가 있었다. 그렇다 해도 대체 어떻게 《제인 에어》와 《폭풍의 언덕》을 비롯한 소설들이 그곳에서 쓰일 수 있었냐 말이다.

알려진 바에 따르면 샬럿, 브랜웰, 에밀리, 앤 사남매는 열정적으로 글을 읽고 자신들이 좋아한 잡지를 본떠 잡지 형식의 '모든 글'을 쓰고 엮는 시도를 했다. 장난감에 기초를 둔 이야기가 있는가 하면 가구나 방을 통해 펼쳐지는 이야기도 있었다. 《폭풍의 언덕》에서 캐서린이 남기는 글들은 브론테 남매들이 글을 쓰고 기록을 남긴 방식에 철저히 바탕을 두고 있었다. 첫째 마리아와 둘째 엘리자베스의 죽음 이후 네 남매는 작은 책을 만드는 데 집착적으로 매달렸다. 창작은 위안과 닮은 행위가 되었다. 이 글쓰기는 십수 년간 이어졌다.

에밀리 브론테는 손위인 샬럿과 브랜웰의 주도하에 앤

그리아라는 가상의 나라를 배경으로 한 이야기를 창작하다가 열세 살이 되던 해에 막내인 앤과 함께 곤달이라는 별도의 가상 공간을 만들어 독립했다. 《폭풍의 언덕》은 곤달이야기에서 바로 튀어나온 듯한 작품이라고 한다.

《제인 에어》를 쓴 언니 샬럿은 시종일관 《워더링 하이츠》가 지닌 초월적 열정을 걱정했다. 언니의 눈에는 동생이 끔찍하고 비극적인 것에 집착적으로 몰두하는 듯 보였기 때문이다. 그렇다고는 해도, 동생에게 작품의 가혹함을 다듬으라고 충고하던 샬럿은 정작 《제인 에어》를 쓸 때 그 영향을 깊게 받았다. 하지만 이제는 곤달 이야기도, 초고 상태의 《워더링 하이츠》 원고도 남아 있지 않다. 그 이유 중 하나는 에밀리가 집안일을 하는 도중에도 온갖 것에 글을 끼적였고, 원고에 낙서나 그림이 있는 경우도 흔했기 때문이란다.

죽음 이후 축복인 사랑에 대하여
————————————————

통제되지 않는, 울퉁불퉁하고 사나운. 이것은 에밀리가

쓴《워더링 하이츠》에만 해당되는 이야기는 아니었다. 작가와 같은 성별의 주인공이 작가의 '자캐'일 가능성이 높다고 믿는 독자라면,《워더링 하이츠》를 읽을 때만큼은 발상을 전환해봐도 재밌다. 히스클리프야말로 에밀리에 가까운 인물이기 때문이다. 캐서린은? 캐서린도 마찬가지다.

《워더링 하이츠》는 사랑 이야기인 동시에 냉혹한 복수담이다. 소설을 읽을수록 '낭만적 연애담의 주인공'으로 히스클리프를 파악하기에는 너무나 많은 음산한 폭력이 그에게 들러붙어 제시된다. 그럼에도 불구하고 그의 캐서린에 대한 사랑, 죽음마저 뛰어넘은, 죽음을 향해 살아가면서 그녀에게 점점 다가가는 사랑만큼은 의심의 여지가 없다는 일말의 믿음을 준다. 그리고 작가 에밀리 브론테가 여성이라는 사실도 히스클리프의 집착을 비뚤어진 순애 정도로 받아들이는 데 적지 않게 역할을 하는 것 같다.

그리고 유명숙 번역가의《워더링 하이츠》는 사랑의 주체로 상정되는 히스클리프에 쏠려 있던 이 소설의 무게중심을 캐서린으로 옮기고자 한 시도라 할 수 있다. 히스클리프가 히스클리프였던 가장 큰 이유는 그가 사랑한 여자가 캐서린이었기 때문이다. 캐서린은 히스클리프가 히스클리프로 만든 존재다. (언젠가 나는 캐서린이 "여자 히스클리프"라고 농반진반 이야기한 적이 있다. 그 반대도 성립할 것이다.)

캐서린. 소녀 유령 캐서린. 《워더링 하이츠》에서 우리는 캐서린이 죽은 뒤 소설에 진입한다. 히스클리프의 집에 세입자로 들어온 록우드는 1년 내내 강풍이 불어댈 것 같은 히스클리프의 집 '워더링 하이츠'를 포함해 히스클리프와 그 집의 물건들이며 분위기까지를 읽어내 우리에게 전해주는 목소리의 주인공이다.

과거사가 본격적으로 전개되기 전 극초반, 독자는 록우드가 자다 깨 이상한 소리를 듣는 장면에서 이미 오싹함을 느끼기 시작한다. "얼음장처럼 싸늘한 조그만 손"으로 힘을 주어 움켜잡는 구슬픈 흐느낌을 듣는다. 아마도 악몽일 것이다. 이 목소리는 록우드의 머릿속에 있을 가능성이 높다. 하지만 소녀는 이렇게 말하고 있는걸. "저는 집에 돌아온 거예요. 황야에서 길을 잃었거든요." 이때 록우드는 두려움으로 잔인해진다. 팔을 뿌리치려 해도 여의치 않자, 그는 아이의 팔목을 깨진 유리에 문지르기 시작한다. 아이는 울부짖는다. 그래도 팔을 놓지 않는다. 소란이 일고, 집주인인 히스클리프가 와서는 화를 낸다. 록우드는 들어가지 않았어야하는 방에 들어갔다. 록우드는 지금 경험한 공포에서 아직벗어나지 못했고 그 공포를 변명거리로 삼는다. 캐서린에대해 불평한다. 캐서린의 이름을 들은 히스클리프의 격정을 모른척하며. 그리고 록우드가 악몽을 꾼 방에 들어간 히스클리프는 울부짖으며 "한 번만이라도!" 들어와 달라고 애걸한다. 오지 않을 걸 알면서도 애원하지 않을 도리가 없다. 그에게 살아있는 건 벌칙과도 같다.

얼마 뒤 우리는 《워더링 하이츠》를 읽어가며 이런 구절을 만난다. 살아 있는 캐서린이 히스클리프와 다투던 때 이런 말을 했던 것이다. "나는 너희들을 불쌍하게 생각하지않을 거야. 그럼, 않고말고. 네가 날 죽인 거야. 그 덕에 잘살고 있는 것 같은데. 건장하기도 하네! 내가 죽은 뒤에 몇해나 더 살 작정이야?"

내가 죽은 뒤에 몇 해나 더 살 작정이야?

《워더링 하이츠》는 처음 읽은 초등학교 때도, 줄거리를 다 아는 상황에서 다시 읽은 그 이후의 긴 시간 동안에도, 마음 편히 읽었던 적은 단 한 번도 없었다. 아무도 행복할 수 없는 이야기 아닌가.

그럼에도 끝내 미래는 밝을지도 모른다는 희망을 갖게 만드는 이야기다. 주인공들이 다 죽고 나서야 그들의 행복을 상상할 수 있음을 낙관하게 만드는 사랑 이야기라는 게 어떻게 가능할 수 있을까. 유령이 된다는 게 축복일 수 있는 사랑을 생각한다. 천둥이 칠 것 같은 어두운 저녁도, 1만 년은 족히 폭풍이 멈추지 않을 것 같은 언덕도, 전부 재회를 약속하는 것만 같다. 내가 본 가장 강력한 해피엔딩. 죽어서 비로소 가능한, 약속된 영원의 시간이 드디어 왔다.

함께하면 좋은 것들
_____

그림 - 아르놀트 뵈클린의 〈죽음의 섬〉

섬은 그 자체로 묘지와 같다. 사이프러스나무, 관, 흰옷, 조각배를 비롯한 죽음의 모티프들이 그림을 보는 내 체온을 3도 정도는 낮추는 듯한 기분이 든다. 그림은 한없이 적막하게 느껴지는데,《워더링 하이츠》를 읽을 때면 언제나 무덤에 한 발을 들여놓은 기분, 체온이 낮아지는 기분, 기댈 곳 없는 슬픔에 한없이 젖어 있는 기분이 된다. 미소를 띤 채 죽은 히스클리프처럼.

영화 - 안드레아 아놀드의 〈폭풍의 언덕〉

안드레아 아놀드 감독이 연출한 2011년 영화. 배우 카야 스코델라리오가 캐서린을, 제임스 호손이 히스클리프를 맡았다. 히스클리프의 피부색에 대한 원작의 묘사를 흘려 넘기지 않은 안드레아 아놀드 감독이, 황량한 자연과 뜨거운 캐릭터를 조합해 영화로 만들었다.

4.

시선을
다듬는
일

초급 이미지
읽기 강의

《다른 방식으로 보기》

존 버거

최민 옮김, 열화당, 2012

＊

　　언젠가 중고책을 구입했는데, 책 맨 뒤의 면지에 긴 편지가 쓰여 있는 걸 발견했다. 존 버거의 《결혼을 향하여》(《결혼식 가는 길》이라는 제목의 개정판이 나왔다)라는 책이었다. 사랑하는 사람에게 쓴 편지였다. 호기심을 이기지 못하고 그 편지를 읽고 말았는데, 그 내용에 따르면 두 사람은 어떤 사건 때문에 헤어졌다가 다시 만났는데, 먼 훗날에는 결혼해서 오랫동안 행복하게 지내면 좋겠다는 내용이었다. 편지를 쓴 사람의 절절한 애정이 느껴지는 글이었다. 그 책은 어쩌다 중고책으로 팔리게 되었을까. 선물받은 사람은 그 책을 읽었을까. 그 편지를 읽었을까.

　　선물로 유독 인기 있는 책들이 있다. 책 선물을 하는 사람에게는 저마다의 추구미가 있기 마련이지만, 대체로 은은한 지적 허영을 담아 '당신이 이런(책을 좋아하는) 사람이라면 좋겠다'라는 마음을 담아 책을 고르게 된다. 한때 그 선물용 책으로 인기 있던 책이 몇 권 있었는데, 미셸 슈나이더가 쓴 《글렌 굴드, 피아노 솔로》와 존 버거의 몇몇 책이 그랬다. 《글렌 굴드, 피아노 솔로》와 존 버거의 《다른 방식으로 보기》는 연인에게도, 선후배 사이에도, 친구에게도 즐겨 선물됐다. 전자가 음악, 후자가 미술(을 포함한 보기 그 자체)에 관한 책이라는 점, 그리고 둘 다 비교적 얇다는 점에서 선물하기에 좋았던 것 같다. 그중에서도 《다른 방식으로 보기》는 뭐랄까, 감히 말하자면 현대인의 필수교양이라고 주장하고 싶다. 1972년에 쓰인 이 책은 '본다'는 행위에 대한 근본적인 질문을 던지고 다시 생각하게 만든다.

다르게 본다는 것

"이미지는 재창조되었거나 재생산된 시각이다." 사진은 기록이라고 생각하지만 사실 그 역시 사진을 찍은 사람의 무한히 많은 시각 가운데 특별히 선택된 것이다. 존 버거가 이 책을 쓸 때와 달리 이제는 누구나 핸드폰의 사진 앱에서 '보정'을 선택한다는 점을 떠올리면, '재창조'와 '재생산'이라는 말은 더 의미심장해진다. '백문이 불여일견'이라는 말처럼 이미지는 문서나 유물이 할 수 없는 방식으로 삶을 생생하게 증명해낼 수 있다. 카메라가 발명된 이후 우리는 그 이전의 그림들을 전혀 다른 방식으로 보게 되었다.

《다른 방식으로 보기》를 읽는 재미는 구체적인 장면들을 '다르게' 읽는 법을 익히는 데 있다. 존 버거는 '제대로 보는 법을 익히기'를 권한다. 여성의 신체가 재현된 방식에 주목하는 3장을 보자. 여성과 남성은 사회적인 맥락에서 다르게 인식된다. 남성은 그가 '다른 사람에게' 행사할 수 있는 능력이 그의 존재감을 결정한다면, 여성은 긴 역사 동안 제한된 공간에서 살기를 요구받으며 '자기 이미지'에 대한 감각을 예민하게 인식하도록 훈련되었다. 타인에게 어떻게 보이는가라는 문제가 여성의 생존과 가치평가에서 큰 부분을 차지해온 것이다. "남자들은 행동하고 여자들은 자신들의 모습을 보여 준다." 남자는 여자를 보고, 여자는 남자가 보는 자신을 관찰한다. 여자는 그렇게 시선의 대상이 된다.

존 버거는 유럽 누드화의 관습을 살펴보며 시선의 문제를 짚는다. 에덴 동산의 아담과 이브를 그리던 형태에서 누드화는 점점 세속적으로 변했는데, 보통 작품 속 여성은 모두 자신의 벌거벗은 몸을 관객이 보고 있음을 의식한다. 관객이 보고 있음을 아는 상태로 벌거벗은 셈이다. 예시로 등장하는 그림은 틴토레토의 〈수잔나와 장로들〉이다. 목욕하는 수잔나를 훔쳐보는 노인들을 그린 이 작품에서 가장 크게 그려진 수잔나는 우리 쪽을 '돌아보고' 있다. 이 글은 여기에서부터 재밌어진다.

여성을 보는 방식은 바뀌지 않았다

틴토레토가 그린 또 다른 〈수잔나와 장로들〉에서 수잔나는 거울을 보는데, 이때 거울은 흔히 허영의 상징이라고 해석되지만 존 버거는 단호하게 그러한 도덕적 의미를 부여하는 해석이 위선적이라고 지적한다.

화가가 벌거벗은 여성을 그린 이유는 벌거벗은 그녀를 바라보는 것이 즐거웠기 때문이다. 그러나 여자의 손에 거울을 쥐어주고 그림 제목을 허영이라고 붙였다. 결국 자신의 즐거움 때문에 벌거벗은 여자를 그려 놓고는 이를 도덕적으로 비난하는 시늉을 한 셈이다.

여기에 더해, 여자가 거울을 들고 벗은 자신의 모습에 취해 있는 모습을 보여준다는 것, 즉 '누드를 훔쳐보는' 관객 무리에 그녀 자신이 합류한다는 효과가 생긴다. 즉, 여자가 스스로를 구경거리로 만드는 데 동의한 듯한 느낌을 준다. 누드를 그린 보통의 유럽 유화는 남자로 상정되는 그림 앞 관객을 주인공으로 상정한다. 모든 것이 시선의 주인인 그를 향한다.

구석구석에 숨은 상징의 풍성함으로 이름 높은 브론치노의 〈시간과 사랑의 알레고리〉는 비너스의 누드가 전면에 훤히 거대하게 드러난 그림인데, 비너스의 자세(큐피드와 입 맞추는 자세에 무척 불편해 보이는)는 자신의 육체를 구석구석 잘 보이게 배치한 결과다. 연인이 함께 그려진 그림에서조차 누드화의 여성들은 시선을 그림 바깥에 있는 관객(소유자)을 향한다. 르네상스 이후의 유럽에서 성애의 이미지 대부분은 이러한 이유로 시선이 정면을 향한다. 그림의 소유자인 관객이야말로 성적 행위의 주인공이기 때문이다.

하지만 벌거벗은 여자를 그렸음에도 예외적으로 느껴지는 그림들이 있다. 루벤스가 두 번째 아내를 그린 〈모피를 걸친 엘렌 푸르망〉에 대한 해석은 이렇다. 그녀의 몸은 정면으로 보는 이(그리는 이)를 향하지만 구경거리가 아닌 화가의 경험으로 제시된다. (물론 화가도 남성이라는 점에서 남성의 시선 아래 놓이는 여타 누드화와 큰 틀에서 다르지 않다는 반론도 가능할 것이다.)

게다가 존 버거의 말이 아니라면 눈치 채기 어려운 형식적인 이유도 하나 있다. 그림 속 여성이 들고 있는 모피 아래에서 상체와 하체가 서로 어긋나 있다는 점이다. 측면으로 9인치 정도 비켜 서 있는 이 어긋남은 루벤스의 치밀한 계획의 산물이라기보다는 상체와 하체가 독립적으로 회전하는 구도를 통해 만들어진 결과다. 그 때문에 모피에 숨은 여성의 중심이 그림의 배경인 어둠과도 이어진다. 주관적인 경험을 초월해 '성'에 대한 메타포인 어둠 안과 주위를 도는 셈이 된다는 해설이다. 지극히 개인적인 이미지로 그려진 여성의 누드처럼 보이지만 전통적인 누드가 여자를 보는 방식, 혹은 여성의 이미지를 사용하는 방식은 본질적으로 바뀌지 않았다.

광고가 선망에 대한 것이 되는 과정

누드에 대한 글만큼이나 7장의 광고 이미지 읽기에 대한 글은 꼭 읽어보기를 권한다. 세상의 광고들은 서로 다른 광고의 내용을 소비자이자 관객에게 설득하기 위해 경쟁적으로 우리 앞에 주어진다. 그런데 흥미롭게도 저마다 다른 것을 파는 광고들이라 해도 모두 "무엇인가를 더 사들임으로써 우리 자신이나 우리의 생활이 변하게 될 것"이라는 공통의 제안을 한다. 누드화가 욕망의 대상으로서의 피사체와 화면 바깥의 시선의 주체를 분리했다면, 광고 이미지에서 우리는 남을 사로잡는 매력을 지닌 선망의 대상이 되라고 (그러기 위해서 이 물건을 구입하라고) 부추긴다. 관객(미래의 소비자)은 이미지를 보고 마치 자신이 이미 그렇게 된 듯 느낀다. 그래서 이미지는 현실과 동떨어져도 충분한 효과를 발휘한다. 그렇게 광고는 선망에 대한 것이 된다.

광고란 어떤 대상이나 사물에 대한 것이 아니고, 인간의 사회적인 관계에 대한 것이다. 광고가 약속하는 것은 쾌락이 아니라 행복이다. 즉 다른 사람들에 의해 외부적으로 판단되는 행복이다.

이 행복은 타인들과 나눠 갖지 않기 때문에 비로소 가능해진다. 존 버거는 이 대목에서 유화로 화제를 옮긴다. 광고가 유화의 시각 언어에 깊이 의존하기 때문이다. 유화란 사유재산에 대한 찬양이었고, 당신이 소유한 것들이 곧 당신이라는 원리에서 나온 미술 형식이라는 게 그의 설명이다. 유화는 소유주가 자신의 소유물들과 생활 방식을 통해 이미 향유하고 있던 무언가를 보여줌으로써 자기 자신을 더 잘난 존재로 느끼도록 해준다는 것이다.

광고는 가진 것을 보여주는 대신 가져야 하지만 갖지 못한 것에 대한 불안을 자극하는 방식으로 만들어지며, 그 이미지에서 늘 현재는 불충분하다고 단정적으로 이야기된다.

《다른 방식으로 보기》는 인간이 긴 역사 속에서 시간을 어떻게 포착하고 소유하려 했는지, 그리고 아름다움이라는 말로 뭉뚱그려지는 욕망과 선망, 매력이 저마다 어떤 방식으로 작용해왔는지를 보여준다. 이제 인간은 생성형

AI의 도움을 받아 존재한 적 없고 가져본 적 없는 이미지를 만들어낼 수 있는 시대를 맞이하고 있다. 존 버거가 살아 있다면 이 시대의 이미지에 대해 어떤 이야기를 들려줄지 궁금해지곤 한다.

함께하면 좋은 것들
——————

음악 - 글렌 굴드의 〈Bach: Goldberg Variations, BWV 988(The 1955&1981 Recordings)〉

미술관에 온 기분으로 읽어보면 좋을 책. 배경에 깔리는 음악으로는 바흐가 좋겠다. 글렌 굴드의 연주라면 약간은 집중을 흐트러뜨릴지도 모르지만, 그것이야말로 재미 아니겠는가.

행복을 원하기를
멈출 수 없어서

《사물들》

조르주 페렉

김명숙 옮김, 웅진지식하우스, 2024

　나는 '인 마이 백in my bag' 영상을 좋아한다. 유튜브에서 온갖 종류의 '인 마이 백' 영상을 찾아 본다. 그 변형인 '인 마이 파우치in my pouch' 혹은 '인 마이 펜슬케이스in my pencilcase' 영상 역시 신나게 본다. 사람들이 자기 가방, 가방 속 주머니, 필통에 무엇이 들어 있는지를 하나씩 꺼내며 소개하는 이 영상의 무엇이 나를 이토록 끌어당기는지는 잘 모르겠다. 휴식을 취한다는, 나 자신도 믿지 않을 거짓말을 하며 사지 않을 물건을 하염없이 보곤 한다. 물론 살 물건도 본다. 비슷하다고도 다르다고도 할 수 있을 광고 이미지 역시 재미있는 볼거리가 된다.

　패션 잡지의 화보도 긴 시간 나를 사로잡았다. 어딘가에 있을지도 모르는 '더 나은 삶의 약속'이 거기 있으니까. 사지 않을 물건들조차 나를 즐겁게 한다. 삶의 가장 구체적인 이미지로서의 물건들 말이다. 물론, 물건을 사는 일 역시 좋아한다. 괜찮은 혹은 괜찮아 보이는 소모품을 살 때는 하나만 사지 못해서 '혹시나'의 미래를 대비해 두 개씩은 쟁여 두기도 한다. 그렇게 산 선블록이 얼굴에 맞지 않아서 바르고 나면 보라색이 되지만, 그래도 꾸역꾸역 쓰고 있다. 그리고 그 다음에 쓸 선블록도 미리 사두었다. 대단한 사치는 하지 않지만 할 수 있는 사치는 하면서 살고 있다. 마음이 복잡할 때 마트에 가서 목캔디라도 사기. 울적할 때 다이소 가서 한 바퀴 돌기. 깔끔하게 정리된 무지 매장 침구 코너에서 편안함 느끼기. 일이 손에 잡히지 않을 때 귀여운 물건을 찾아 인터넷 페이지를 한없이 헤매기.

나만 이러는 건 아닌 것 같다. 미술관에 다녀온 사진을 인스타그램에 올렸더니 사진에서 메고 있었던 가방의 "제품 정보"를 묻는 DM이 왔다. 친구가 쓴 모자 사진을 올렸더니 또 "제품 정보"를 묻는 DM이 왔다. 언제나 시선은 물건을 향해 있다. "내가 2020년대에 십 대를 보내야 했다면 사회 생활을 시작하기도 전에 파산했을 거야"라고 종종 말하곤 하는데, 절대 농담이 아니다.

사는 마음에 대하여

그들은 부자가 되고 싶었다. 자신들이 부자일 줄 안다고 믿었다. 그들은 부유한 사람들처럼 옷을 입고, 바라보고, 웃을 줄 알았을 것이다. 그들은 요령과 그에 필요한 신중함도 가졌을 것이다. 자신의 부를 잊고 과시하지 않을 줄도 안았을 것이다. 으스대지도 않았을 것이다. 풍요로움을 호흡했을 것이다. 그들의 즐거움은 강렬했을 것이다. 걷기를 좋아하고, 빈둥거리고, 고르며 음미하기를 즐겼을 것이다. 삶을 누렸을 것이다. 삶은 하나의 예술이었을 것이다.

다 쓰지도 못하고 죽을 물건들을 쌓아두며 산다. 그러면서도 아무거나 사지는 않는다고 변명한다. 《사물들》의 초입은 언제 읽어도 뜨끔한데, 사물에 경도된 마음과 그로 인한 공허를 그리는 소설의 언어가 '사는 당신'을 가혹하게 다루지 않기 때문이다. 다정하고 여상하게 "그랬지?" 하고 묻는 듯하다. "걷기를 좋아하고, 빈둥거리고, 고르며 음미하기를 즐겼을 것이다. 삶을 누렸을 것이다. 삶은 하나의 예술이었을 것이다"라는 문장은 얼마나 상상 속의 삶을 잘 반영하는지.

눈앞의 남루함이 견디기 힘들어서

제롬과 실비가 학생 신분을 떠나 사회에 진입하기까지의 과정을 보여주는 이 소설은 마치 영화의 도입부처럼 모든 적절한 물건이 제자리에 놓인 듯한 풍족한 사물들만의 풍경을 훑으며 시작한다. 이런 갈망이 뭐가 나빠? '보는 눈'은 늘 잔고 사정보다 높은 곳에 있어서, 가난한가 물으면 그건 아닌 것 같지만 그렇다고 부유하다고는 말할 수 없는 삶의 조건 속에 사는 사람들에게 눈앞의 남루함은 견디기 쉬운 것일 수 없다. 특히 가질 수 있는 것들이 수시로 눈앞에 나타나는 시대의 사람들은. 그들에게는 여유가 없었다. 엄밀히 말해 물건이 부족하지는 않았지만 기분 전환이 부족했다. 그럴 때면 사소한 물건에 대한 장광설에 빠져드는 것이다.

이전 세대는 스스로에 대해서나 세계에 대해 분명한 가치관을 지녔으리라고 추측해버리는 일 역시 낯설지 않다.

하지만 '우리 세대'는 앞을 내다볼 수 없다고 말이다. 이 소설이 1965년에 쓰였다는 점을 떠올릴 때면 늘 아득하다. 우리도 그런데, 지금도 그런데, 여기도 그런데, 하게 된다.

롤랑 바르트는 이 소설 《사물들》이 "부를 꿈꾸는 상상 속에 녹여낸 빈곤함"이라고 했다. (참고로 이 소설을 쓰던 당시의 조르주 페렉은 롤랑 바르트의 수사학 수업을 듣고 있었으며 이 소설의 초고를 그에게 보내 의견을 구했다. "부를 꿈꾸는 상상 속에 녹여낸 빈곤함"은 조르주 페렉의 답장에 있던 말이다.) 조르주 페렉의 데뷔작인 《사물들》은 프랑스에서 출간되고 얼마 지나지 않아 '유행'해, 프랑스 문학상인 르노도상 수상작이 되기도 했다.

소설의 주인공들처럼 나 역시 스물을 갓 넘은 나이에 이 책을 처음 접했다. 처음으로 아르바이트를 하며 돈을 벌어 쓰기 시작했던 시기였는데, 물건을 원하는 마음을 조율해야 한다는 정도의 상식조차 없던 때였다. 프랑스어 제목 'Les Choses'는 영어판에서 'Things'라고 번역되었는데, 그야말로 물건들이 제목이자 주인공인 이야기다. 어느 물건인지 묻지 마시라. 그 모든 물건들에 대한 이야기니까.

주인공의 내면 세계는 드러나지 않는다. 따옴표 속 대

화도 없다. 이것은 우리 마음속의 중얼거림과도 같다. 무엇을 갖춘다면 삶이 어떻게 달라질지에 대한 중얼거림.

사물들이 가져다주리라 믿는 행복

그런데 《사물들》의 주인공 실비와 제롬이 원한 건 사물들이 아니라 행복이었다. 미야베 미유키의 《화차》와 나란히 두고 생각하면 다 같은 이야기를 한다는 데 놀라게 된다.

변영주 감독이 영화로도 만든 〈화차〉는 약혼녀의 실종을 조사해달라는 지인의 의뢰를 받은 형사가 파헤치는 사건을 다룬다. 처음에는 실종 사건이었는데, 조사가 본격화되자 약혼녀의 신원이 불분명하다는 사실이 드러난다. 카드빚, 담보대출, 사채, 개인파산으로 이어지는 비극은 "난 그저 행복해지고 싶었던 것뿐인데"라는 문장으로 요약된다.

같은 이야기를 추리소설의 문법으로 쓰면 비극적인 그림자를 한없이 길게 드리운다. 추리소설이든, 아니면 《사물들》의 쓴웃음 어린 초연함이든 물건 속에서 존재하기를, 물건을 갈망하기를 멈출 수 없는 나는 내 마음을 들킨 것처럼 안절부절하며 책장을 넘겼다. 지그문트 바우만은 소비자의 '주체성'이 쇼핑의 선택으로 이어진다고 짚은 바 있다. 주체적으로 쇼핑 목록 만들기!

신용카드가 있는 한 용기는 언제나 불행보다 크다.《사물들》은 물건이 행복을 가져다준다는 신념을 자기도 모르게 갖고 실천하는 사람들을 위한 성경이다. 구매버튼을 누르는 순간 마음속에서 벌어지는 신뢰가 무엇을 뜻하는지 글로 써두었기 때문이다. 이 책은 두껍지도 않다.

《사물들》에서 실비와 제롬의 불안과 불만은 인위적으로 자극된 욕구를 충족시킬 만한 수입이 없다는 데서 기인한다. 또한 그 이유로 더욱 부채질된다. 그들은 소비 사회의 희생자이지만, 진정한 의미에서 기만당한 것은 아니다. 그들은 자신들이 삶을 낭비하고 있음을 안다. 중독자들이 중독된 상태를 몰라서 유지하는 것이 아니듯. 그들은 마케팅과 관련한 일을 하고, 정신적으로는 상류층에 소속감을 느끼며, 갖고 있는 것과 갖고 싶은 것의 불일치를 느낀다. 더 넉넉한 삶을 위해 그들은 프랑스를 떠나 튀니지에서 살아보려 하지만 결국 되돌아온다.

이 대목에서, 2020년대의 나는 어딜 가든 와이파이(혹은 로밍)만 가능하다면 그렇게까지 불만을 느끼지 않고 살아갈 수 있으리라는 생각에 잠긴다. 물건에 대한 극도로 세세한 집착, 그것이 가져다주리라 믿는 행복이라는 환영에 대한 《사물들》은 10년 뒤의 나 역시 쓴웃음을 지으며 읽게 되겠지.

하지만 《사물들》과 조르주 페렉은 '60년대 이야기'라는 책의 부제에 걸맞는 그림자 속에서 탄생했다는 것 역시 기억해야 한다. 그는 아홉 살이 되기 전에 부모님을 모두 잃었다. 아버지는 독일군의 총탄에, 어머니는 아우슈비츠에서 사망했다. 폐허와 잔혹 이후의 풍요를 살아가며 조르주 페렉은 행복에의 (불가능한) 희구를 글로 적었다. 유령처럼 우리를 둘러싸고 응시하는 수많은 물건들이 보여주는 우리는, 그런 불가능한 꿈을 버리지 못하는 존재일 것이다. 그렇게 또 무언가를 사들이는.

함께하면 좋은 것들

책 - 지그문트 바우만의 《소비하는 삶, 소비되는 삶》
비판적으로 바라보는 소비 사회. 하지만 이 책을 읽어도 여전히 쇼핑은 재밌다. 이 책도 충동구매했는걸.

음악과
침묵

《글렌 굴드, 피아노 솔로》

미셸 슈나이더

이창실 옮김, 동문선, 2024

*

　“어느 해인가 나는 소설을 견딜 수 없게 되어 대신 천체 물리학 책을 읽었다.” 2023년 봄, 영국 매체 〈가디언〉의 ‘내 인생의 책들The books of my life’이라는 코너에 실린 한강 작가에 대한 글 제목이다. 강소천과 마해송의 어린이책부터 십 대 시절에 읽은 도스토예프스키, 파스테르나크, 임철우의 이름이 차례로 회고된다. 그중 눈길이 가는 질문이 있었다. “위로가 되는 책My comfort read”이라는 질문에 대한 답이 바로 그것이었다.

　향수를 불러일으키거나 마음을 위로하는 음식을 한국식 표현(콩글리시)으로는 ‘소울 푸드’라고 부르는데, 같은 뜻의 영어 표현이 바로 ‘컴포트 푸드comfort food’다. 향수를 불러일으키는 음식이라는 의미에서 어린 시절에 좋아했던 메뉴가 자주 언급되지만, 보통 스트레스가 심할 때 절박하게 먹게 되는 것들로 칼로리가 높고 자극적인 음식들이 여기 포함된다. 떡볶이, 아주 달달하고 이름이 복잡하고 긴 커피

메뉴, 프렌치프라이 같은 음식들이다.

그런 맥락에서 'comfort read'를 생각해보면 재미있다. 향수를 불러일으키는 동시에 위안이 되는—무의식에 달라붙어 있어서 어느새 되돌아가 읽게 되는—책들 말이다. 한강은 이 카테고리의 책을 두 갈래로 나누어 소개했다. 첫째로는 자기 전에 침대에서 읽는 책들로 여기에는 식물에 대한 글이 포함된다. 제인 구달의 《희망의 씨앗》과 페터 볼레벤의 《나무 수업》. "내게 침묵이 필요할 때는 미셸 슈나이더의 《글렌 굴드, 피아노 솔로》를 고른다."

《글렌 굴드, 피아노 솔로》는 (고요에 대한 책이 아니고) 음악에 대한 책이다. 이 책을 읽은 사람이라면 누구나 한강의 말에 동의할 것이다.

…흠, 아닐지도.

음악 없이 읽어도 얻는 충만함

음악을 들을 때는 침묵에 예민해진다. 고전음악은 특

히 그렇다. 언제 박수를 쳐야 할지—관객석에서 언제 침묵을 깨도 괜찮은지—부터가 관건이다. 곡이 시작되기 전에 침묵이 꽉 내려앉은 순간의 떨림도, 음이 사라질 것처럼 연하고 가볍게 공중으로 흩어지는 순간의 아스라함도 침묵에 한없이 가깝다. 곡이 큰 음으로 끝날 때와 점점 소리를 죽여가며 마침내 고요해지는 때의 차이도 생각해보게 된다.

그런데 《글렌 굴드, 피아노 솔로》에서 침묵을 떠올린다는 게 그런 의미는 아니다. 글렌 굴드라는 피아니스트의 음악을 다루는 논픽션인 이 책은, 읽으면서 음악을 상상하는 즐거움으로 가득하다. 음악을 다룬 책은 해당 음악을 들으면서 읽는 편이 좋을 때도 많지만, 이 책은 음악 없이 읽어도 충만하다. 글을 통해 음악을 머릿속에서 내가 연주하며 듣는 경험을 주기 때문이다.

글렌 굴드는 1932년에 태어나서 1982년에 세상을 떠났다. 《글렌 굴드, 피아노 솔로》는 1988년에 출간되었다. 동시대를 살았던 예술가에 대해 쓴 책인 셈이다. 그 마침표까지 이미 눈앞에 드러난 상태에서 말이다. 글렌 굴드의 레코딩 중 가장 유명한 〈골트베르크 변주곡〉의 첫 곡이 〈아리아〉인데, 이 책의 첫 두 목차가 '아리아'로 동일하게 반복된다. '시작'하는 챕터에 제목 역시 그런 뉘앙스를 주지만 첫 문장은 1964년에서부터 시작된다.

그 해에 글렌 굴드는 대중 앞에서의 연주를 완전히 그만두게 되었다. 그뿐만 아니라 방송 녹음도 하지 않았고, 자신의 음악적 접근 방법에 대한 (취재를 통한) 기사에도 제동을 걸었다. 고작 서른 두 살이었던 그는 그 순간을 기점으로 완전히 달라진다. 이제 그의 삶은 고독으로 운명지어진다. 같은 해에 토론토 왕립 음악원 강연에서 그는 혼자 있으라고 조언했다. "은총이라고 할 만한 명상 속에" 머무르라고. 스스로 아무는 상처인 고독에 그 자신도 긴 시간 머물렀다.

이 적극적인 고립은 현실 앞에서, 또 현실이 제공하는 매력과 유혹으로부터의 도피가 아니고 음악적 용어로 말해 하나의 푸가라는 사실, 또 의도되고 미리 계산된, 일관성 있고 합리적이며 단일하고도 복합적인, 심미적이며 윤리적인 시도라는 사실, 이는 하나의 수수께끼로 남았다.

음악가였던 부모의 자녀로 자라난 글렌 굴드는 3살 때

어머니에게서 첫 피아노 레슨을 받았고, 10살까지는 어머니에게서만 피아노를 배웠다. 절대음감이었던 그는 이내 개인 교습을 받기 시작했다. 그의 스승이 마음으로 느끼는 음악을 가르치고자 했지만 그는 머리로 이해하는 음악을 원했다. 10살 때는 무대에 서게 되었다. 마치 정해진 수순처럼 경연대회 1등을 했고, 이듬해에는 토론토 왕립 음악학교 입학시험에 직업 피아니스트와 동등한 자격으로 합격했다.

또 하나의 음악적 경험

글렌 굴드를 유명하게 만든 것은 〈골트베르크 변주곡〉 음반이다. 글렌 굴드의 〈골트베르크 변주곡〉 음반은 두 가지 버전이 있다. 하나는 그를 23살의 나이에 유명하게 만든 1955년의 녹음, 다른 하나는 사후에 발매된 1981년의 녹음이다. 1955년의 녹음은 음악만으로 유명해진 건 아니었다. 콜롬비아사의 소식지는 그를 '상냥한 미치광이'로 묘사했다. 녹음은 6월의 아주 따뜻한 날에 이루어졌는데, 굴드는 외투를 입고 모자, 목도리, 장갑을 착용하고 녹음실에 도착했다. 악보 가방에 더해 타월 한 무더기와 큰 생수병 2개, 알약병 5개(색깔과 처방이 모두 다른), 그리고 아주 개성적으로 특수 제작된 의자를 가지고 갔다. 이 의자는 그가 연주를 하는 곳이라면 어디라도 따라다니게 된다. 그 낮은 의자에 앉아 몸을 흔들며 피아노를 치고, 녹음하는 순간에조차 그는 흥얼거림을 멈추지 않았다. 그의 흥얼거림은 연주의 일부로 녹음되어 남아 있다.

평상시의 그는 더럽고 해어진 옷차림에 구멍 뚫린 양말을 신었고, 면도도 가끔씩만 했으며, 이따금 거지 취급을 받기도 했다. 여름에도 모피 모자를 쓰는 일이 잦았다. 글렌 굴드에게는 '난파당한 사람' 같은 점이 있었다. 그리고 이렇게 많은 것들을 자기만의 방식으로 갖춰야 했던 사람답게 연주회를 좋아하지 않았다. 그는 녹음을 선호했다. "그가 녹음을 좋아했던 이유는 연주를 여러 번 반복할 수 있다는 점이었다. 마치 꿈속의 시간처럼 재배합되고, 거슬러 올라가고, 응축된 시간."

미셸 슈나이더의 글은 음악을 듣는 것 같은 느낌을 주지 않는다. 그는 음악을 묘사하려는 (부질없는) 시도에 시간을 낭비하지 않는다. 다만 글이 할 수 있는 일을 한다. 소설이 하는 방식으로 글렌 굴드의 내면을 상상하고, 그의 시선이 품은 함의를 문장으로 옮겨내기 위해 시도한다. 때로는 과장되어 과잉이라고 느껴지는 부분이 있음에도 불구하고, 텍스트적인 침묵 속에서 그는 과감하게 상상하고 문장을 이어나간다. 음표를 적어내려가듯이.

고독 속에 머무른다는 일에 대해 추론하고, 글렌 굴드의 삶과 음악으로 그것을 입증하고자 시도한다. 설명하지 않고 예술을 말하는 방법은 그 자신이 예술의 방법론을 택하는 것이다. 여기에는 필연적인 도약이 필요하다. 미셸 슈나이더는 글렌 굴드의 음악을 글로 재연하고자 하지 않음으로써 또 하나의 음악적 경험을 안긴다. 그것은 해명 없는 고독의 형태를 하고 있다.

글렌 굴드의 장례식에서는 바흐의 곡이 연주되었다. 콘트랄토인 모린 포레스터가 〈아리아〉를 노래했다. 그리고 잠시 침묵이 지나갔다. 당혹스러운 침묵이. 그리고 〈골트베르크 변주곡〉의 첫 부분인 〈아리아〉가 이번에는 녹음으로 흘러나왔다. 지금 여기(그 자신의 장례식)에서 글렌 굴드가 연주하는 듯 머뭇거리며 숭고하게. 음 사이로 그의 흥얼거림이 "빛나는 육신을 동반한 은밀한 그림자처럼 들려왔다." 그리고 정말, 침묵.

함께하면 좋은 것들

음악 – 바흐의 〈골트베르크 변주곡〉

유튜브에서 글렌 굴드가 연주하는 바흐의 〈골트베르크 변주곡〉 영상을 찾아서 보시라. 고전음악의 역동성에 대해서라면 임윤찬의 반 클라이번 콩쿠르 영상을 보면 좋겠다. 그리고 침묵에 대해서 명상해보시길.

농담할 때는
세상에서 최고 진지하게

《태평양 횡단 특급》

듀나
문학과지성사, 2025

✱

장르는 일종의 세계관이다.

낯선 장르를 읽을 때는 '그렇다 치고' 읽기 시작하면 도움이 된다는 게 내 지론이다. '왜' 이렇게 되었는지를 물어봐야 답이 뾰족하게 나오지 않는다. 장르 고유의 생김새는 그 장르만이 줄 수 있는 쾌락을 최대한으로 추구하는 과정에서 만들어진 풍경일 때가 많다. 익숙하지 않을 때는 '갑자기 이런다고?' 싶어 내심 어처구니없을 때가 있지만, 익숙해지고 나면 놀이기구를 탈 때와 비슷한 기대감 속에 전속력으로 질주하는 일이 세상 당연하게 느껴진다.

장르의 이종교배, 그리고 SF

팟캐스트 〈리딩 케미스트리〉 48화에서 황석희 번역가와 《이상한 집》 이야기를 한 적 있다. 책은 내가 골랐는데,

녹음을 시작하고 보니 황석희 번역가는 괴담을 싫어하는 사람이었다. '도면이 이상한 집이 있다'는 설정에서부터 과몰입 분위기가 되는 괴담인간이라면 아이 방에 창문이 없다든가, 계단에서 아이 방으로 들어가는 경로가 복잡하게 되어 있다든가, 심지어는 사방이 막힌 수수께끼의 공간이 있다든가 하는 설명만으로도 온갖 기기괴괴한 상상을 하기 마련이다. 하지만 괴담 싫어 인간이라면 "그럴 수도 있지" 한마디로 모든 불길함을 비켜간다. 덕분에 방송은 더 재밌어졌지만.

장르를 좋아하지 않는 사람들은 "말도 안 돼"라는 마법의 주문으로 사방을 휘저어 유령과 외계인, 밀실트릭과 지적인데 부유하고 내 여자에게만 헌신하는 차가운 도시의 9등신 꽃미남까지 손쉽게 없애버린다. 하지만 '그렇다 치고'의 맹세를 하고 책을 읽기 시작하면 달라지기 시작한다.

어린이들은 거의 모든 장르를 장르 구분 없이 접한다. 나의 경우를 예로 들면 영화로는 〈E.T.〉(SF, 모험), 〈구니스〉(모험, 코미디), 책으로는 《바스커빌 가문의 개》(미스터리, 공포), 《인어공주》(로맨스, 공포)가 그랬다. 웃기면 웃고 슬프면 울고 신나면 엉덩이를 들썩거렸다. 여기서 알 수 있듯 대체로 여러 장르가 이종교배해 하나의 이야기로 수렴되곤 한다.

공포와 멜로드라마는 거의 모든 장르에서 만능양념으로 쓰인다. 양념으로 가미되는 경우 공포는 초반 전개에, 미스터리는 중반 구조에, 멜로드라마는 결말부의 감정에 특히 힘을 발휘하곤 한다. 하지만 이렇게 자연스러운 척 비비고 들어갈 여지가 없는 장르도 있다. SF가 그렇다. 특히 한국에서는. SF가 어렵다는 투덜거림이 아주 오랜 세월 SF를 읽지 않는 핑계로 기능한 이유도 거기 있다. 행성이나 우주기지의 이름은 도통 외우기 어려운 단어의 조합으로 되어 있다. 암호생성기로 만든 암호처럼 보일 때도 많다. 등장인물의 직업은 보도 듣도 못한 것일 때가 많고, 그들이 만나는 사람들 역시 어디 출신인지 들어도 금세 잊어버린다.

그래서 나는 여행하듯 SF를 읽는다. 그 여행을 수월하게 만든 한국 작가가 듀나다. 듀나는 2002년에 《태평양 횡단 특급》이라는 철도를 깔아버렸다. 이 소설집은 듀나의 대표작인 동시에 한국 SF의 대표작이기도 하다. 100년쯤 지나 한국 SF의 고전을 전집으로 만든다면 반드시 포함될 작품이다. 베스트100을 꼽아도, 베스트10을 꼽아도 언급될.

과거로 열린 타임머신

《태평양 횡단 특급》은 신기할 정도의 시대의 산물이다. 소설의 배경이 되는 시대가 미래일지언정 20세기의 정서를 충실히 반영한다는 점에서 그렇다. SF가 미래를 예측하는 특수한 용도를 가지고 있다고 믿는 이에게는 놀라운 일일지도 모르지만, SF에서는 노스탤지어야말로 특수한 양념이 된다는 점을 기억하라. 얼마나 많은 SF에서 20세기 삶의 방식은 부유층의 전유물처럼 여겨지던가. 개나 고양이 같은 진짜 털붙이와 살고, 진짜 커피를 마시고, 물을 펑펑 쓰거나 하는 평범한 일들이 미래에는 불가능해졌다는 전제가 영화에는 늘 등장한다.

하지만 《태평양 횡단 특급》은 그런 방식으로 과거를 반영하지 않는다. 소설을 쓴 듀나가 이야기를 만드는 고유한 방식이 흔적기관처럼 한 권의 책으로 남은 사례이기도 하다. 시대를 풍미했지만 의미 있는 방식으로 기억되기에는 조금 미흡한 취급을 받은, 작가 자신이 좋아했던 대중문화의 요소들이 반영되어 있다는 의미에서 시대의 산물이다.

책을 펴면 등장하는 인용구는 〈Buffy the Vampire

Slayer〉에서 가져왔고, 〈히즈 올 댓〉은 영화 〈쉬즈 올 댓〉에서 제목을 빌려왔다. 〈도슨의 청춘일기〉도 언급되는데 이 작품들이 90년대 말 할리우드의 위대한 십 대 영화 시기의 작품들이라는 사실을 언급해둘 만하다. 〈히즈 올 댓〉에서도 언급되는 셰익스피어를 소설 속 하나의 이정표로 삼아 언급하는 일에는 모험의 여지가 없다. 하지만 소설 집필 시기와 딱 붙은 90년대 말의 미국 십 대 영화와 드라마를 호출하는 것은 조금 다르다. 2025년에 약간의 내용이 수정된 리커버판이 나왔을 즈음, 결과적으로 이 책은 놀라울 정도로 과거에 쓰인 SF의 고전적인 분위기를 풍기게 되었다. 그 것까지가 이 소설집의 특별한 점이다. 과거로 열린 타임머신처럼 느껴진다는 점에서.

단편 〈대리 살인자〉에 언급되는 대화방(이라는 명명도 예스럽다)에서 사용하는 닉네임들 역시 그러하다. 호루라기, 파프리카, 다빈치 같은. 그럼에도 불구하고 어느 장르에서나 가능한 이야기를 설정만 우주선이나 외계 행성에서, 주인공만 안드로이드로 바꿔놓고 하는 이야기가 아니라는 점이 좋다.

듀나 스타일의 인간관

〈스퀘어 댄스〉는 내가 이 책에서 가장 좋아하는 소설이다. SF 호러의 궤적을 왈츠의 리듬으로 그려낸다. 이야기의 화자는 남편과 고고학자, 안내인과 더불어 유령의 집 같은 상태인 우주선에서 어떻게 끝내야 하는지 알 수 없는 몸짓을 하게 된다. 심지어 남편은 시체가 되어서도 몸짓을 하고 있다. 시작과 끝은 있지만 중반부 전개는 도통 의미를 알 수 없다. 그저 기이할 뿐이며 당혹스러울 뿐이다. 이유를 알 수 없는 것만큼이나 끝을 알 수 없다는 공포는 두려운 법이다. 〈스퀘어 댄스〉는 〈스피어〉나 〈이벤트 호라이즌〉 같은 SF 공포영화의 연장선에서 상상하게 되는, 죽은 사람들의 기억으로 구동되는 공간에 대한 상상을 다룬다.

〈끈〉은 메타픽션 느낌을 물씬 풍긴다. 극중 이영수라는 사람은 영화 칼럼과 소설을 쓰는 사람이다. (듀나에 대해 우리가 확실히 아는 것은 듀나가 영화에 대한 글과 소설을 쓰는 작가라는 사실 뿐이다.) 이영수에게 어떤 사람이 다짜고짜 말을 걸어온다. 그는 자신이 세상 모든 존재와 일치한다고 주장한다. "이 지구상에 살았던 사람들과 지금 살고 있는 사람들 또 앞으로 살고 있는 사람들은 모두 저 하나입니다. 그들은 제 전생이거나 다음 생입니다. 시간의 얽힘 때문에 동시에 같은 장소에 존재할 수 있을 뿐이지요." 철학과 과학의 질문들을 버무린 것 같은 이야기를 늘어놓던 이 사람은 자신의 이야기를 "SF로 위장한 글"로 쓰라고 이영수에게 권한다.

표제작인 〈태평양 횡단 특급〉은 기술과 종교, 제국과 막대한 부에 대한 슬픈 유머를 담고 있고 〈히즈 올 댓〉은 듀나 스타일의 인간에 대한 연민을 담고 있다. 세계는 이렇게 이어져 왔고, 이런 사람들은 거대한 수레바퀴 아래에서 잔잔하게 잊혀지고 또 구원된다. 의미는 발견되기 전까지는 존재하지 않으며, 이야기되기 전까지는 기억되지 않는다. 좋아하는 이야기로 자기 자신을 설명하는 방법 말고 스스로를 규정하는 방법을 알지 못하는 사람들을 위한 작은 낙원은 그렇지 않은 이들의 눈에는 별 볼 일 없어 보일지라도, 거기에서 탄생한 즐거움은 이 모든 일이 계속 이어지리라는 확신을 갖게 한다. 동정하지 않고 애틋해할 수 있다. 이런 듀나 스타일의 인간관은 이야기를 둘러싼 사람들의 풍경을 조금은 특별하게 만들어낸다.

함께하면 좋은 것들

책 - 김보영의《얼마나 닮았는가》

한국 고전 SF 대표 선집을 꾸릴 미래의 사람들에게 김보영의《얼마
나 닮았는가》를 기필코, 반드시, 절대 빼놓지 말라고 당부하고 싶
다. 배명훈의《타워》역시 그렇다. 이 책들로부터 무언가가 시작되
었다. 광야에서 홀로 외치는 예언자들의 목소리 같은 책들. 혹은 3
명의 동방박사들이려나.

수많은 변주를 낳은 오리지널,
그 전설의 레전드

《그리고 아무도 없었다》

애거서 크리스티

김남주 옮김, 황금가지, 2013

＊

　한 갑부가 소유한 작은 무인도에 8명의 남녀가 초대받는다. 섬에 도착하고 보니 섬의 주인은 보이지도 않고, 그들에게 고용된 하인 부부만이 그들을 맞이한다. 곧이어 밝혀지기를, 초대받은 손님은 물론 하인 부부조차 섬의 주인을 실제로 아는 사람이 없다. 은은한 불안이 깔린 가운데 저녁식사가 끝나고 모두가 응접실에 모였을 때 정체불명의 목소리가 들린다. 하인 부부를 포함한 열 사람이 과거에 저지른, 법으로 심판받지 않은 죄의 목록이다.

　밖은 폭풍우. 아무도 섬을 떠날 수 없다. 벽 위에는 어린 시절 누구나 들어봤을 오래된 자장가가 적혀있다. 그 근처에는 10개의 꼬마 병정 인형이 놓여있다. 문제는 노래의 가사를 닮은 방식으로 한 사람씩 죽기 시작한다는 것이다. 노래 가사가 앞으로의 전개를 상상하게 하고, 실제로 하나씩 착실하게 이루어진다. 노래 가사는 이렇다.

열 꼬마 병정이 밥을 먹으러 나갔네.

하나가 사레들었네. 그리고 아홉이 남았네.

아홉 꼬마 병정이 밤이 늦도록 안 잤네.

하나가 늦잠을 잤네. 그리고 여덟이 남았네.

여덟 꼬마 병정이 데번에 여행 갔네.

하나가 거기 남았네. 그리고 일곱이 남았네.

일곱 꼬마 병정이 도끼로 장작 팼네.

하나가 두 동강 났네. 그리고 여섯이 남았네.

여섯 꼬마 병정이 벌통 갖고 놀았네.

하나가 벌에 쏘였네. 그리고 다섯이 남았네.

다섯 꼬마 병정이 법률 공부 했다네.

하나가 법원에 갔네. 그리고 네 명이 남았네.

네 꼬마 병정이 바다 항해 나갔네.

훈제 청어가 잡아먹었네. 그리고 세 명이 남았네.

세 꼬마 병정이 동물원 산책했네.

큰 곰이 잡아갔네. 그리고 두 명이 남았네.

두 꼬마 병정이 볕을 쬐고 있었네.

하나가 홀랑 탔네. 그리고 하나가 남았네.

한 꼬마 병정이 외롭게 남았다네.

그가 가서 목을 맸네. 그리고 아무도 없었네.

장르물의 역사와 전통

외딴 섬의 저택, 외딴 산장… 고립된 장소에 10명 남짓한 사람들이 모여든다. 그리고 한 사람씩 죽기 시작한다. 여기서 전개는 약간 갈린다. 어떤 이야기에서는 마지막 한 사람까지 모두 죽는다. 자연사하는 사람은 하나도 없다는 점을 감안하면 완벽한 연쇄살인사건이 되는 셈이다. 또 다른 유형의 이야기에서는 사람들이 죽는 중에 탐정(역할을 하는 사람)이 범인을 밝혀내고 연쇄살인을 막는 데 성공한다.

어쨌거나 중요한 것은 '외딴 곳'과 '여러 사람들', 그리고 '한 사람씩 죽는다'라는 설정이다. '우리'밖에 없는 이 상황에서 한 사람씩 죽는다는 구성이기 때문에 범인은 십중팔구 '우리 중에' 있다. 애거서 크리스티의 《그리고 아무도 없었다》가 바로 이런 이야기다.

장르물에서는 역사와 전통이 중요하다. '고전'이라 불리는 작품이 지니는 무게가 각별하다는 뜻이다. 범죄와 범죄

심리를 다룬다는 점에서 셰익스피어와 도스토예프스키도 빼놓을 수 없지만, 추리소설이라는 장르로 말하자면, 《모르그 가의 살인》을 비롯한 작품들을 쓴 에드거 앨런 포가 그 시작으로 언급된다. 포는 향후 수많은 작품들의 기본 설정이 될 밀실 살인은 물론 탐정이 가만히 앉아서 주어진 정보만으로 사건을 해결하는 안락의자 추리, 가장 의심받지 않았던 사람이 범인으로 밝혀지는 반전 등 추리 소설의 핵심 요소들을 만들었다.

종종 '추리 풍'의 소설이 이른바 순문학에서도 쓰이는데, 이때 도입부와 전개만으로 '분위기'는 가져가고 정작 사건을 전혀 해결하지 않는 경우가 종종 있다. 집에 있는 창문을 전부 열어놓고 닫지는 않는 느낌이다. 장르를 구성하는 요소라는 창문 하나하나를 열어젖혔으면, 닫는 작업까지 제대로 해야 한다는 것이 장르 애호가로서의 생각이다.

추리소설에서는 기념비적인 트릭을 고안하는 작품, 당시에는 새로웠으며 미래에는 하나의 전형이 될 독보적인 캐릭터를 선보이는 작품들이 장르의 쇄신과 함께 언급되곤한다. 《그리고 아무도 없었다》는 후일 일본 추리계에서 '클로즈드 서클'이라고 부르는 추리소설의 인기 높은 설정을 선보인 작품이다. '닫힌 원'이라는 뜻의 '클로즈드 서클'은 내부인만이 존재하는 공간에서 일어난 살인사건을 말하며 그 무대는 섬부터 산장까지 다양하게 존재하다. 달리는 열차에서 벌어진 살인사건을 다룬 《오리엔트 특급 살인》도 이 계열이다.

일본의 미스터리 평론가 시모쓰키 아오이는 크리스티의 데뷔작 《스타일스 저택의 괴사건》을 (사건과 트릭의 해명에 중점을 둔) "본격 추리소설의 원형"이라고 표현하며, "이 작품이 없었다면 《십각관의 살인》도, 《잘린 머리 사이클》도 존재하지 못했을 것이다"라고 썼다. 폐쇄공포증을 자아내는 '외딴섬'이라는 설정을 밀어붙여 공포스러운 분위기를 자아내고, 등장인물의 죄책감과 두려움에 더해 불가능해 보였던 사건의 진상 또한 제대로 밝혀진다. 〈소년탐정 김전일〉 같은 만화에서도 이러한 설정은 자주 애용되고, 《그리고 아무도 죽지 않았다》, 《이리하여 아무도 없었다》를 비롯해 제목부터 인상을 차용한 작품들이 수두룩하다.

어린 시절 나를 홀린 책

어렸을 때 아빠의 책장에서 책을 빼 읽곤 했다. 취향이라는 걸 알기도 전에 그렇게 손 가는 대로 빼서 읽은 책 중에는 글씨는 읽겠는데 무슨 뜻인지 모르겠는 철학책이나, 내용은 이해했지만 참 재미는 없는 책들이 적지 않았다. 그래도 수시로 책장에서 이것저것 책을 꺼내 읽었다. 읽으려고 시도했다는 게 정확한 표현이겠지만. 책을 좋아했다기보다는 단순한 활자중독이었는지도 모르겠다. 그때는 음악도, 영화도 그렇게 아빠를 경유해서 내 것을 찾아가던 시절이었다. 초등학교를 들어가는 순간부터 십 대 내내.

《열 개의 인디언 인형》은 그 책장에서 가장 낡은 책 중하나였고, 문고판이었고, 세로쓰기로 되어 있었으며, 한자가 많았다. 정말 '옛날 책'이었던 것이다. 이걸 어떻게 읽기 시작했는지도 지금 와서는 기억나지 않지만 그 책에 홀린 기억만큼은 선명하다. 모르는 한자가 너무 많아서 아빠에게 묻거나 사전을 찾아보며 읽어야 했는데, 그러고도 놓친 내용은 참 많았겠지만은 하나 확실한 게 있었다. 이것은 무서운 이야기였다. 고립된 사람이 모두 죽는 이야기. 지금은

《그리고 아무도 없었다》로 알려진 바로 그 소설이다. 한자가 너무 많았고, 분위기는 시종일관 무서운데, 도저히 멈출 수가 없었다. 내가 읽은 최초의 '성인 소설'은 바로 이 작품이었다. 불륜부터 살인까지 '어른의 사정'으로 점철된, 죄를 지은 자들로 가득한 작은 세상의 이야기.

알려진 바에 따르면 1939년에 처음 영국에서 출간되었던 때의 제목은 《열 꼬마 검둥이Ten Little Niggers》였지만 1940년 미국판이 나오면서 제목이 《그리고 아무도 없었다 And Then There Were None》로 바뀌었다. 1964년부터 86년 사이에는 미국에서 《열 개의 인디언 인형Ten Little Indians》이라는 제목으로 페이퍼백이 나오던 때도 있었다. 지금은 《그리고 아무도 없었다》라는 제목이 일반적으로 쓰이는 이 작품은 애거서 크리스티의 대표작 중 하나다.

소설을 평생 100편 정도 발표했던 크리스티는 대표작도 한두 작품으로 좁힐 수 없다. 크리스티 본인이 뽑은 가장 좋아하는 작품과 〈가디언〉 선정 크리스티 베스트, 전 세계적으로 가장 많이 팔린 크리스티 소설 등 참고할 만한 '베스트 리스트'만 해도 3종이나 된다. 이 중에서 공통적으로 언급되는 소설에 눈길이 가는 건 막을 수가 없는데, 《그리고 아무도 없었다》, 《오리엔트 특급 살인》, 《애크로이드 살인사건》이 바로 그 작품들이다.

《그리고 아무도 없었다》는 가장 유명한 추리소설이라고 해도 과언이 아닐 텐데, 일단 누계 판매 부수가 1억 부를 넘는다. 이 중에서 《그리고 아무도 없었다》와 《오리엔트 특급 살인》은 거울쌍 같은 작품이다. 달리는 열차와 외딴섬이라는 사건 발생 장소가 갖는 밀실적 특성을 활용한다는 점은 비슷하지만, '누가 죽는가'와 '누가 죽이는가'를 완전히 뒤집어 구성했다. 장르가 곧 구조의 게임이기도 하다는 생각을 하게 만드는 작품이기도 하다.

장르적인 기쁨

여행을 떠나 도착한 곳이 한적하다 못해 외딴 느낌을 주는 장소일 때 "〈소년탐정 김전일〉에 나오는 것 같은 곳이네"라고 농담하며 웃곤 한다. 그 말은 사실, "《그리고 아무도 없었다》에 나오는 것 같은 곳이네"라고 바꿔 말해야 옳은 것이다. 고립감이 주는 자유와 평화가 오직 두려움으로

방향을 바꿔 덮쳐올 때의 쾌감. 이것은 정말 장르적인 기쁨
이다.

함께하면 좋은 것들
─────────────────

음악 – 존박의 〈네 생각〉
이 노래는 달달한 러브송이다. 소설 읽다가 무서우면 이 곡을 들으
면서 기분전환하시길. 하지만 제목이 "네 생각"이잖아? 어쩐지 "너
죽이는 생각"이라는 인터넷 밈이 떠오르고….

고전이 아직
어려운 분들을 위한

몇 가지 비법

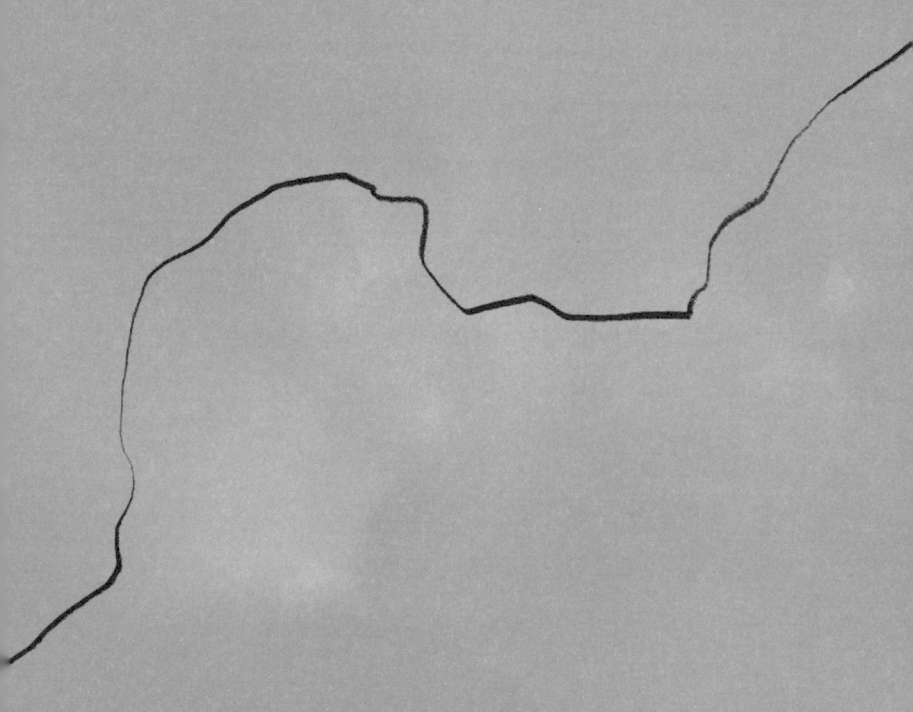

"100페이지까지만
꼼꼼하게 읽어보세요"

고전 읽기에 고전하는 분들을 위해 내가 오랫동안 고수해 온 첫 번째 조언이다. "100페이지까지만 꼼꼼하게 읽어보세요." 고전에만 해당하는 이야기는 아니다. '모든' 책이 그렇다고는 할 수 없지만 '거의 모든(98퍼센트 정도의 확률로)' 책의 저자는 초반부에 특히 공을 들인다. 첫인상이 좋으면 어쩌다 실망스러운 일이 생겨도 한 번은 더 기회를 주고 싶어지는 법 아니던가. 책과의 인연도 시간을 들이는 일이기 때문에, 첫인상을 좋게 맺으면 한 페이지라도 더 읽게 된다. 그러니 저자 입장에서는 고르고 고른 글을, 다듬고 다듬은 글을 책으로 엮으면서 가능한 좋은 인연이 될 만한 글을 초반에 배치하는 경향이 있다. '들어가는 글', '서문', '프롤로그' 등 도입부 역할을 하는 소챕터를 포함해서.

독자가 생각할 여지가 없을 정도의 속도감으로 밀어붙이는 웹소설 작법에서 항상 강조하는 것이 '1화의 중요성'인 이유도 같다. 웹소설의 1화가 보통 5,000자에서 6,000자

사이라는 점을 감안하면, 고전을 접할 때는 그보다 시간을 더 들여야 하는 셈이다. 단행본 기준 100페이지면 단편 소설로 두세 편 분량이기 때문이다. 숏폼의 시대에 어쩌면 무리한 요구일지도 모른다. 하지만 100페이지에 공을 들이면 그 다음을 읽어갈 때 가속도가 잘 붙고, 끝까지 읽기도 수월해진다.

슬픈 소식을 먼저 전해야 할 것 같다. 시간을 덜 들이고 잘 읽을 수 있는 방법은 없다. 나는 고전이든 아니든 상관없이, 심지어는 출근길 만원 지하철 안에서도 빠르게 읽을 수 있도록 설계된 웹소설도, 재밌으면 재밌을수록 천천히 읽는다. 맛있는 음식일수록 음미하며 먹게 되는 것처럼. 급하게 삼키듯 읽어도 재미가 어디 사라지지는 않지만 천천히 음미할수록 더 오래 쾌락독서가 가능해지니까.

다만 고전의 첫 100페이지 읽기는 쾌락보다 정신의 체력이 더 요구되는 일이다. 처음 가보는 동네를 지도 없이 탐색하는 일과 같다. 지나치는 사람마다 돌아보게 되고, 사거리가 나올 때마다 온갖 표지판을 읽어댄다. 걸어도 걸어도 사람 한 명 못 만나는가 하면, 다짜고짜 마녀나 유령이 목덜미를 잡아채기도 한다. 여기는 귀신의 집일 수도 있고, 왕의

침실일 수도 있다. 어느 쪽인지는 읽어봐야 안다.

집중하지 못한 채 읽었다면 100페이지 가까이 책장을 넘겼더라도 여전히 어리둥절한 채로 남아있게 된다. (고백하자면 나는 자주 이런다.) 이런 때는 그냥 처음부터 다시 읽는다. 그러고 나면 흩어져있던 정보가 아까보다는 조금 더 알아볼 만한 형태로 바뀌어 있다.

어떤 작가든 초반에 중요한 정보들을 부려놓는다. 가장 중요하게는 작가가 자기 목소리를 정교하게 조율해 들려준다. 이 작품이 어떤 분위기로 어떤 인물들에 대해 어떻게 이야기해나갈지, 구름과 양탄자를 동원해 그려낸다. 특히 고전소설의 경우 첫 100페이지 정도는 밀도가 매우 높다. 초반을 읽는 데 시간을 들이면 그 후로는 읽는 속도가 훨씬 빨라진다. 속도만 빨라지는 게 아니라 작품 전체를 모험하는 데 필요한 지도를 숙지한 상황인 셈이다.

한 가지 주의할 점. 첫 100페이지에는 숙지해야 할 중요한 정보가 있지만, 모든 정보가 있다는 말은 아니다. 노벨문학상을 수상한 크러스너호르커이 라슬로의 《벵크하임 남작의 귀향》에는 100페이지를 읽어도 벵크하임 남작이 나오지 않는다. 200페이지는 되어야 나온다. 하지만 당신이 이 소설에 대해 알아야 할 중요한 #mood는 모두 100페이지를 꼼꼼하게 읽는 것만으로 습득할 수 있다.

'일단 읽기'의
중요성

나는 처음 접하는 고전소설을 읽을 때, 처음에는 '평범한' 주의력으로 일단 읽기 시작한다. 이때는 "일단 읽기 시작한다"는 게 핵심이다. 나에게 그러하듯이, 높은 확률로 당신에게도 누군가가 인생책이라고 상찬하는 말을 듣고 솔깃해 구입한 고전이 있을 것이다. 그 책은 너무 특별해보인 나머지 평범한 날에는 읽기가 저어되어, 특별한 날을 기다리고 기다리다 당신은 낡고 지쳐버렸다. 이렇게 미룰 수만은 없다고 마음먹고 책을 펴들었는데, 도입부에서 너무 거대한 무언가를 약속하는 책의 태도에 약간 질려서 그 다음을 이어가고 싶지 않아져버렸다. 그리고 이사 때문에 짐정리를 해야 하거나 대청소를 결심한 그날, 과거의 꿈과 낙관을 잃은 당신은 책을 중고서점에 처분하기로 마음먹었다. 심지어 새 책이라서 가격도 제법 잘 받을 수 있었다. 서점에서 구입하든 도서관에서 빌리든 펼쳐보지도 않은 책을 임보하는 것은 책이 세상에서 판매되고 유통되는 데 큰 도움이 되는 행위이나, 책을 읽는 것이야말로 그 글이 쓰임을 다하게 만드는 결정적 행위인 법. 특별한 날을 기다리거나, 대단한 마음이 내킬 그날을 기다리지 말고 일단 읽기 시작하자. 책을 끝까지 읽을 수 있는 단 하나의 방법은 그 책을 읽기 시작하는 것이다.

읽기 전에 뭘 준비하겠다는 생각은 치우고 '일단 읽기' 시작한다. 이 책이 얼마나 대단한지에 대해 완성된 해석을 접하고 무엇을 읽을지 준비하기에 앞서 책을 직접 읽어본다. 솔직히 말하면, 고전은 아무리 사전 정보 없이 읽으려고 해도 그러기가 어렵다. 애초에 고전을 읽겠다고 생각하는 일부터가 그 책이 어떠하다는 추앙의 말을 들었기 때문일 때가 많기 때문이다. (신간 역시 상찬의 말을 접하고 읽기 시작하지만, 그 말들은 대체로 홍보를 위해 쓰인 말들이기 때문에, 닳고 닳은 문화 소비자인 당신은 그 말을 걸러 들을 준비가 되어 있다. 하지만 고전은 사람들이 자발적으로 읽고 추천하기 때문에 그 자발성이라는 요소가 당신의 마음에 바이럴의 메아리를 울린다.) 다만, 독서 전에 추가로 뭘 찾아서 조사한 다음에 읽지 말라는 소리다.

도입부가 당신 마음에 드는가? 축하한다. 그럼 한 페이지 더 읽어보자. 그 다음 한 페이지, 한 페이지씩. 해석은 독서 다음에 온다. 해석이 독서를 결정 짓게 하지 마라. 작품을 먼저 당신의 눈으로 보라. 설령 읽다 멈추더라도 이 책이 어디로 당신을 이끄는지 직접 확인하라.

"그런데 안 읽혀요"
── '너무 ~하다'는 불평에 대하여

문제는 '안 읽힌다'는 느낌이 들 때다. '너무' 어쩌고 저쩌고 해서 도저히 읽을 수 없어진다. 다음은 당신의 고전 독서를 방해하는 그 '너무'의 목록이다.

주인공 이름이 너무 길어서, 등장인물이 너무 많아서, 다른 나라의 다른 시대를 배경으로 하는 설정이 너무 복잡해서, 적잖이 읽은 것 같은데 주인공이 코빼기도 안 비쳐서(혹은 누가 주인공인지 모르겠어서), 묘사가 너무 장황해서(방에 들어간 지 두 페이지째인데 아직도 방에 있는 물건을 샅샅이 보여줘서), 주인공이 처한 상황이 너무 처참해서(아무리 읽어도 해피엔딩이 되지 않을 것 같은 강렬한 예감), 문장이 너무 길어서, 번역이 너무 딱딱해서, 표현이 너무 고풍스러워서(모국어로 쓰인 고전문학은 이 장벽이 특히 높다), 작품이 기반하는 사회 제도가 너무 이입을 방해해서(노예라든가, 노예라든가, 노예라든가)… 목록은 한없이 길어진다.

가장 심란한 '너무'는 바로, "진행이 너무 더뎌서"다. 소설을 읽다가 불현듯 깨닫는다. 눈은 계속 다음 줄로 이동하는데 생각은 다른 곳으로 흘러가버렸음을. 다음 끼니의 메뉴, 이번 달 카드값, 날 미치게 만드는 회사 사람, 불투명한 미래와 어찌해볼 도리가 없는 외로움… 그 다음 순간 소스라치며 다시 책장에 집중해보려고 노력해보지만 아까 그 대목에서 진전이 없다. 그런데? 아까 읽던 대목과 상황 변화는 없는데 무슨 말인지 모르겠다…. 어떻게 이런 일이 가능한가 말이다.

일일연속극은 2주일쯤 안 보다 봐도 5분이면 그 사이에 누가 바람을 피웠고, 누구의 출생의 비밀이 들통 나기 일보직전인지 바로 알 수 있다. 모든 사람들이 모든 정보를 구구절절 대사로 말해주기 때문이다. 고전은 그 반대일 때가 많다. 계속 읽고 있어도 잘 이해가 안 간다. 책을 덮은 뒤 다시 펼치지 않기란 저녁 메뉴 정하기보다 쉽다.

이때 생기는 질문들을 자유롭게 어딘가에 적어두면서 읽어보자. "왜 묘사가 많을까?" 묘사가 역할을 하기 때문일 가능성이 높다. 묘사라고 하면 눈앞에 있는 사물을 나열하는 기술이라고 생각하지만, 그 순간에 어떤 사물이 어떻게 보이는가는 생각해볼 가치가 있다. 자연 풍경이든 방 안 정경이든 공들인 묘사가 이루어질 때는 '정보'를 나르고 있을 때다. "집을 묘사하고 있나?" 공간과 관련한 인물의 경제력, 지위, 성격, 취향을 드러내는 정보가 묘사에 실려 있을 공산이 크다. 바깥에 폭풍우가 몰아치고 황량한 겨울숲이 굉음을 내는 묘사라면, 앞으로 심상찮은 사건이 벌어지리라는 암시일 수 있다. 영화에서라면 이 대목에 '분위기가 고조되는 음악'을 사용하겠지만 소설에서는 쓴 사람과 읽는 사람이 오로지 글로만 분위기 전환을 지시하고 이해하게 된다. 묘사는 이런 '분위기'를 알려주는 역할을 한다. 또한 묘사는 때로 캐릭터의 성격이나 현재 마음상태를 외부로 반영해 보여준다. "나는 ○○하다"라고 쓰는 대신, 그런 느낌의 외부 상황을 묘사한다는 말이다.

등장인물이 너무 많다면 "왜 이렇게 많은 사람이 필요한 걸까?" 하는 질문을 적어두자. 주인공이 계속 나쁜 상황으로만 빠져든다면 그 질문도 당신 방식의 문장으로 끄적여두자. 이 책이 '너무' 어떠하다는 투덜거림 혹은 질문은 그 작가 특유의 주제의식 그리고 문체와 연결된 실마리를 당신이 찾아냈다는 뜻일 때도 있다. 이 질문의 목록은 놀랍게도, 대부분 책을 다 읽고 나면 당신 스스로 답할 수 있게 되는 것들이다. 작가의 의도가 무엇인지는 이해했지만 그 효과가 살지 않았다는 불만이 여전할 수는 있다. 작가가 공들였다고 해서 독자가 좋아해야 한다는 법칙은 없다. 하지만 질문과 답변을 독서를 통해 독서를 마무리하고 나면 그 작품의 무엇이 문제인지(혹은 당신과 맞지 않았는지) 알 수 있게 된다. 취향을 발견하기 위해서는 능동성을 갖춘 일정 분량의 탐닉이 먼저다. 고전 읽기를 속도전으로 해치우듯 하지 않아야 나 자신이 어떤 독자인지 알아낼 수 있다.

기록하며 읽기는
언제나 도움이 된다

고전에 한정할 필요 없이, 책을 읽으며 기록해두면 좋은 것들이 있다. 기록을 잘 하는 사람은 이미 자기만의 기록 스타일이 있을 테니 그대로 하면 된다. 다만 읽는 족족 휘발되는 귀여운 기억력 때문에 고통이라면 이렇게 해보면 좋겠다.

일단 첫 번째로는 읽기 시작하면서 책 제목을 적는다. 580권을 동시에 병렬독서하고 있다고? 그래도 제목을 다 적는다. 그리고 완독한 책은 별도로 표시한다. 밑줄, 형광펜, 무엇이든 괜찮다. 일단 이렇게 제목을 적는 것으로 시작한다.

1년에 한 번 정도는 기록해둔 목록을 들여다보자. 12월 31일은 이런 반성회를 하기 아주 좋은 날이다. 읽다 때려친 책도 여러 권이 쌓이면 어떤 책을 그나마 더 읽게 되는지, 어떤 책은 노력해도 도저히 못 읽는지 어렴풋하게 감이 온다. 읽다 그만둔 책이 370권이고, 완독한 책이 한 권뿐이라고 해도 좋다. 대체 얼마나 당신 취향이었길래 370권을 읽다 때려친 당신이 완독한 단 한 권이 되었단 말인가? 기록해두지 않으면 읽다 그만둔 책이 이렇게나 많다는 것도, 그럼에도 불구하고 완독한 책이 있었다는 것도 머릿속에서 쉽게 지워진다.

제목을 적는 것 외에는 그때그때 기록하고 싶은 걸 기록한다. 예쁘게 정리할 수 있다면 더 좋겠지만 대충 흘려가며 단어만 적어두어도 괜찮다. 나는 책을 읽다가 중요한 사건이 생기면 간단히 적어두기도 한다. SF 소설을 읽을 때 공간이 드라마틱하게 다른 행성으로 바뀐다든가, 주인공의 직업이 우주 쓰레기 청소부처럼 특이하다든가 하는 설정도 간단히 써가면서 읽는다.

나아가 좋은 문장을 적어두면 미래의 내가 행복해진다. 문장 자체로 아름다워서 써두는 문장이 있는가 하면, 읽는 내게 특별히 울림이 강해서 적어두고 싶은 문장도 있다. 단어를 적어두는 일도 적지 않다. 이미 알고 있던 단어라도 문장 속에서 유난히 빛나면 적어둔다. 온라인이든 오프라인이든 상관없다. 나는 온라인에도 오프라인에도 산발적으로 필요한 내용을 메모해둔다.

책을 함부로
다뤄본다

여전히 고전읽기가 심란하기만 하다면 이번에는 책에 이것저것 낙서를 하면서 읽어봐야 할 때가 된 것인지도 모른다. 전자책으로 읽기 힘들다면 종이책으로 다시 읽어보자. 책에 무엇이든 끄적이려면 아무래도 종이책 쪽이 손맛이 더 좋다.

나는 보통 포스트잇이나 태그를 붙이며 읽는다. 태그를 붙이는 항목은 앞서 이야기한 독서 기록에 쓰면 좋은 것들에 해당한다. 집 밖에서 독서를 할 때는 기록하기 어려운 상황일 수도 있는데, 이런 때는 일단 전부 태그를 붙여둔다.

보통의 독서를 할 때는 태그나 포스트잇이면 충분하다.

가끔 책을 샅샅이 읽을 때가 있는데, 그때는 거의 반드시라고 해도 좋을 만큼 책을 접고 이것저것 써두면서 읽는다. (이렇게 내 '흔적'이 남은 책은 절대 남에게 빌려주지 않는다. 내 개인사를 적어둔 게 아님에도 거의 일기장처럼 되어버려서다.) 책장을 삼각형 모양으로 접어두는 걸 '개의 귀'

라는 뜻으로 '도그지어(dog's ear)'라고도 하는데, 나는 전개
상에 중요한 부분은 윗단을, 감정적으로 중요한 장면은 하
단을 접는다. 끄적이면서 읽을 때 문장만큼이나 문단에 체
크하는 일이 많고, 앞의 몇 페이지를 참고하라는 식의 메모
가 될 때도 있다. 나는 헤르만 헤세의 《데미안》을 5번 넘게
읽었는데, 책을 구입해서 읽은 적은 한 번도 없었다. 하지만
박혜진 편집자님과 〈리딩 케미스트리〉에서 《데미안》 녹음
전 대본을 준비하면서는 책을 구입해서 처음부터 펜을 들
고 읽었다.

이렇게 흔적이 남은 책은 나중에 다시 읽어보기를 권
한다. 과거의 당신이 무엇에 밑줄을 긋고 무엇에 분노하며
느낌표를 휘갈겨두었는지, 미래의 당신은 분명 재미있어할
것이다.

영화나 연극, 뮤지컬 등
각색작 참고하기

고전 읽기를 시작하는 것도 쉽지 않다면(하지만 읽어보고는 싶다면) 영화나 드라마, 연극, 뮤지컬, 그래픽노블 등으로 각색된 작품을 먼저 살펴본다. 각색된 작품만 찾아봐도 적잖은 시간을 즐겁게 보낼 수 있다.

로버트 레드포드 주연의 〈위대한 개츠비〉와 레오나르도 디카프리오 주연의 〈위대한 개츠비〉는 달라도 너무 달라서 원작이 대체 어땠을지 궁금해질 것이다. 제인 오스틴의 《엠마》는 몇 번 영화로 만들어졌는데, 그 중 빼놓을 수 없는 작품이 앨리시아 실버스톤이 나오는 〈클루리스〉다. 엠마의 성격을 '클루리스(눈치 없는, 아무것도 모르는)'라는 단어로 치환해 현대 베벌리힐스에 있는 고등학교를 무대로 하는 이야기로 바꾸어버린 〈클루리스〉는 제인 오스틴 작품이 영상화된 사례 중 첫손에 꼽을 만한 흥미로운 작품이다. 〈레 미제라블〉은 역시 뮤지컬이 좋겠다. 뮤지컬을 보고 나면 방대한 소설의 큰 뼈대는 다 확인하고 독서를 시작할 수 있게 된다.

내가 사랑하는 각색 사례는 서간문 소설의 걸작인 쇼데를로 드 라클로의 《위험한 관계》다. 영화 〈위험한 관계〉, 〈발몽〉처럼 원작에 충실한 각색작도 하나같이 아름답지만, 현대 뉴욕의 고등학교를 배경으로 한 〈사랑보다 아름다운 유혹〉, 조선시대를 배경으로 한 〈스캔들-조선남녀상열지사〉처럼 재해석의 스펙트럼이 넓은 작품도 있다. 각색이 여러 번 된 고전일수록 "해석의 여지가 다양하다"라는 말이 무슨 뜻인지 확인할 수 있다. 게다가 영화든 뮤지컬이든 대체로 3시간 안쪽이다 보니 책보다 빠르게 주요한 사건을 일람할 수 있는 셈이다. 줄거리를 파악하고 소설을 읽기 시작하면 초반에 드는 에너지를 아낄 수 있다.

각색된 작품을 감상하고 원작을 읽을 때의 주의사항. 뭐가 더 나은지를 따지기보다, 매체가 달라지는 와중에도 무엇이 끝끝내 살아남았는지를 살피면 좋다. 모든 게 달라진 것 같은 순간에도 끝내 남은 무언가가 있기 마련이다.

연표 읽기의
재미와 의미

자, 이렇게 당신은 고전 읽기를 마쳤다. 책을 덮으려고 보니 연표라는 게 보인다. 논픽션에는 연표가 딸린 경우가 거의 없지만 소설에는 대부분 연표가 딸려있는데, 나는 예전에는 이게 왜 있는지 어리둥절했다. 언제 태어나고 언제 죽었는지, 언제 첫 아이가 태어났고 언제 이혼을 했는지, 언제 어머니가 돌아가시고 언제 무슨 상을 탔는지 왜 이렇게 적어두었으며 이걸 책에 싣기까지 하는 걸까.

하지만 연표는 중요하다. 당신이 지금 읽기를 마친 책이 인간사의 어디에 '놓여있는지' 알게 하는 지표가 되어주기 때문이다. 연표를 읽는 방법을 소개하면 이렇다. 일단 생몰 연도를 확인한다. 죽은 때보다 태어난 때가 더 중요할 때가 많다. 언제 작품활동을 시작했는지를 눈여겨보라. 연표에는 종종 작가가 활동한 국가의 중요한 역사적 순간도 기록되어 있다. 연표에 작가의 개인사가 아닌데도 무언가가 기록되어 있다면 그만큼 중요하다는 의미다. 대표적으로 세계대전(1차와 2차 모두 중요하며 작가가 참전했다면 더더욱 중요하다), 대공황(그로 인해 경제적 곤궁함이 극대화되어 작품활동에 영향을 끼쳤을 가능성이 높다)이 있다. 유럽에서 1차 세계대전과 2차 세계대전은 말할 것도 없이 중요한 사건인데, 많은 경우 전쟁을 전후해서 작가들의 작풍이 바뀐다. 때로는 영원히 바뀌어버린다. 심지어 전쟁 중에 스스로 목숨을 끊은 작가들도 있다. 나는 발터 벤야민과 슈테판 츠바이크를 좋아하는데, 2차 세계대전이 아니었다면 그들이 몇 작품은 더 썼을 거라고 믿고 있다. 최소한 몇 년 더 살아는 있었을 것이라고.

　　연표를 읽는 또 하나의 방법은, 당신이 읽은 작품이 작가 삶의 어느 대목에 등장하는지를 살펴보는 것이다. 이 작품이 발표되기 전에 그는 삶의 어떤 순간을 통과하는 중이었는가. 이전작은 무엇이었나. 작가의 대표작으로 꼽히는 작품은 언제 발표되었나. 이 작품 이후에 얼마나 더 작품이 이어졌나. 언제 호평받았고 언제 비난받았나. 이런 방법으로 연표를 읽어보면 연표자체가 풍성한 소설처럼 느껴진다. 연표 안에 희로애락이 있다. 연표는 대체로 "태어나서 죽을때까지의" 중요한 사건을 기록한다. 그래서 무엇이 중요한지

'취사선택'이 이루어진다. 곡절인 줄 알았던 사건이 터닝포인트였고, 해피엔드인 줄 알았던 순간이 비극의 시작이기도 하다. 눈앞의 사건이 진실로 무엇인지 알 수 있는 방법은 죽음이라는 마침표를 찍는 것뿐이다. 그러므로 끝날 때까지는 끝난 게 아니다.

이 지혜는 야구를 좋아하는 사람에게도, 고전소설의 연표 읽기를 사랑하는 사람에게도 언제나 유효하다. 가끔은 연표를 읽다가 감정이 복받치기도 한다. 언제 죽을지 모르고 사는 인간이, 절망을 닮은 희망 속에서 무언가를 만들어내는 일은 늘 그렇다.

역시, 재밌어서 읽었습니다

좋은 건 단번에 누구든 사로잡는 줄 알았다. 첫눈에 빠져드는 아름다운 사람, 잘 먹었다고 소문내고 싶은 음식, 밤을 새우게 만드는 책, 인생을 바꾸는 영화에 대해 내가 가졌던 환상이었다. 운명처럼 알아볼 수 있을 거라고, 내게도 좋은 것이 네게도 좋을 거라고, 열 살 아이도 아흔 살 노인도 모르려야 모를 수 없을 거라고.

예술을 감상하고 향유하기 위해 '지식'이 필요하다면 재수 없다는 생각도 했다. 잘난체잖아,라고. 프랑스 문학을 가르치던 선생님들이 프루스트니 플로베르를 침이 닳도록 칭송할 때도 어지간히 시큰둥했다. 소설을 읽는 데 이렇게

나 많은 말이… 필요하다고? 그건 배워서 아는 거지, 작품을 받아들인 건 아니잖아.

시간이 흘렀다. 나이를 먹었다. 책을 읽었고 영화를 봤다. 계보를 따라 음악을 들었다. 계보 따위 아랑곳하지 않고 독서 목록을 채워나갔다. 인생을 살았다.

플로베르의 《보바리 부인》을 다시 읽은 것은 내가 삐딱선을 탄, 선생님들의 가르침으로부터 몇 년 멀어진 뒤였다. 숨 막힐 것 같던 강독 시간의 분위기를 잊어갈 즈음, 집에 있던 플로베르의 《보바리 부인》을 다시 읽게 되었다. 플로베르가 이 소설을 쓰는 동안 얼마나 집착적으로 고쳐 쓰고 또 고쳐 썼는지, 단어를 고르고 문장을 조합하며 실제 사건을 이야기로 새롭게 만들어냈는지에 대한 배움은 이미 가물가물해졌다.

제2부의 8장, 농업 박람회가 열린다. 서른 네 살의 로돌프 불랑제가 예쁜 치아에 까만 눈, 귀여운 발, 파리 여자 같은 맵시의 에마 보바리에게 눈독을 들였음이 분명해진 바로 다음 장이 문제의 제2부 8장이다. 에마가 권태에 시들고

있음을, 사랑에 목말랐음을, 그래서 유혹하기 쉬우리라는 사실을 확신한 그는 시끌벅적한 박람회의 분위기에 숨어서 에마에게 접근한다. 로돌프는 그녀의 아름다움을 칭송하지도, 끈적하게 들러붙지도 않는다. 사라져가는 꿈에 대해 이야기한다! "그래서 저는 슬픔에 빠져들고 맙니다…." 으악! 안 돼 에마! 그 말 듣지 마!

북적이는 박람회의 소음 사이로 로돌프의 유혹이 이어진다. 마치 영화의 교차편집처럼, 저쪽의 활기와 이쪽의 열기가 정신없이 오간다. 에마가 버리고자 하는 세계가 저쪽에서 소음을 일으키는 동안, 에마를 파멸시킬 열정이 이쪽에서 불타오른다.

예전 교수님으로부터 들은 이 대목에 대한 해석이 비로소 선명하게 와닿았다. 숨 막힐 정도의 현장감이 페이지에서 불타올랐고, 나는 이전과 달리 《보바리 부인》에 빠져들었다.

정신없이 책을 읽으며 생각했다. 고전소설을 즐기기 위해 지식이 필요하지 않다는 뜻은 아니지만, 그보다 더 중요하게는 경험이 필요하다고. 세상에 대한 경험. 사람에 대한 경험. 예술에 대한 경험. 동시대의 예술이 부연설명 없이 내

지르고도 이해받을 확률이 높다면, 다른 시대 다른 문화권의 예술은 그것이 놓인 사회적 예술적 맥락이 있다면 해상도가 높아질 수밖에 없다. 그래서, 이야기를 하면 할수록 고전으로부터 더 큰 즐거움을 얻을 수 있다.

책이든 영화든, '고전'이라고 불리는 작품을 접하고 놀랄 때가 있다. 너무 재밌어서. 요거트 뚜껑 안쪽을 핥아먹을 때처럼 조금도 놓치고 싶지 않다는 마음으로 빠져들곤 한다. 물론 반대의 이유로 놀랄 때도 있다. 너무 지루하거나 너무 어려워서 놀랄 때도 있는 것이다. 예술 사조의 혁신이라는 이유로 반드시 언급되어야만 하는 작품일 때도 있고, 당대에는 과소평가받았지만 후대에 재평가가 이루어진 경우도 있다.

세계문학전집에는 2000년대 들어 북미와 유럽 이외 지역 작가의 작품과 여성 작가의 작품이 부쩍 많이 포함되었다. 고전의 목록은 갱신되고 있고, 나는 그 갱신이 기쁘다. 더 넓은 영토를 뛰어다니는 기분으로 읽을 책을 고른다.

십 대에는 영미권 소설을, 이십 대 초반에는 일본 소설과 프랑스 소설을 주로 읽었다. 초등학교 때부터 당연히 만화에 빠져 살았고, 미스터리와 SF, 로맨스 장르의 '대중서' 고전들도 폭발적으로 읽었다. 번역되지 않은 페이퍼백을 사냥하러 광화문 교보문고와 도서관을 적잖이 찾아다녔다. 언젠가 그런 장르문학의 고전들만으로 이루어진 '최애 목록'에 대해 이야기해보고 싶은 마음도 있다. 어쨌든 수많은 책들 덕에 나는 잠을 설쳐가며 괴로워했다. 평탄한 삶을 살아서는 고전문학의 주인공이 될 수 없는 모양으로, 다들 하나같이 굉장한 막장극의 주인공들이었다. 일일연속극 주인공 뺨치는 치정극, 끝을 모르는 복수, 처참한 최후 등 고전소설에는 희극보다는 비극이 잘 어울렸다. 제인 오스틴의 주인공들이 조금 예외적인 정도일까나.

《오래된 세계의 농담》에 어떤 작품을 소개하면 좋을지 고민하는 시간은 매번 기쁨과 슬픔이었다. 집의 책장을 얼마나 들여다봤는지. 쓰고 싶은 작품도 많고, 새로 읽고 생각해보고 싶은 작품은 더더욱 많지만… 쓰려고 목록에 적어놓고 쓰지 못한 이 멋진 고전들을 언젠가 소개할 수 있기를 바란다. 아무리 멀리까지 배웅해도 이별의 순간은 오고야 만다. 그리고 언제나 다음 이야기는 있다.

참고문헌

강경옥, 《17세의 나레이션》, 시공사, 2000

김보영, 《얼마나 닮았는가》, 아작, 2020

나탈리아 긴츠부르그, 《작은 미덕들》, 이현경 옮김, 휴머니스트, 2023

데버라 리비, 《살림 비용》, 이예원 옮김, 플레이타임, 2021

데버라 리비, 《알고 싶지 않은 것들》, 이예원 옮김, 플레이타임, 2018

데버러 러츠, 《브론테 자매 평전》, 박여영 옮김, 뮤진트리, 2018

데일 카네기, 《데일 카네기 인간관계론》, 임상훈 옮김, 현대지성, 2019

데일 카네기, 《데일 카네기 자기관리론》, 임상훈 옮김, 현대지성, 2021

델리아 오언스, 《가재가 노래하는 곳》, 김선형 옮김, 살림, 2019

듀나, 《태평양 횡단 특급》, 문학과지성사, 2025

레이 달리오, 《원칙》, 고영태 옮김, 한빛비즈, 2018

레이먼드 카버, 《대성당》, 김연수 옮김, 문학동네, 2014

레프 톨스토이, 《안나 카레니나》, 윤새라 옮김, 펭귄클래식코리아, 2013

매기 넬슨, 《블루엣》, 김선형 옮김, 문학동네, 2025

메리 셸리, 《프랑켄슈타인》, 김선형 옮김, 문학동네, 2012

미셸 슈나이더, 《글렌 굴드, 피아노 솔로》, 이창실 옮김, 동문선, 2024

미야베 미유키,《화차》, 이영미 옮김, 문학동네, 2012

배명훈,《타워》, 문학과지성사, 2020

비스와바 쉼보르스카,《끝과 시작》, 최성은 옮김, 문학과지성사, 2016

샌드라 길버트, 수전 구바,《다락방의 미친 여자》, 박오복 옮김, 북하우스, 2022

서머싯 몸,《불멸의 작가, 위대한 상상력》, 권정관 옮김, 개마고원, 2008

세이쇼나곤,《베갯머리 서책》, 정순분 옮김, 지식을만드는지식, 2015

손자,《손자병법》, 김원중 옮김, 휴머니스트, 2020

슈테판 츠바이크,《츠바이크의 발자크 평전》, 안인희 옮김, 푸른숲, 1998

시몬 베유,《신의 사랑에 관한 무질서한 생각들》, 이종영 옮김, 새물결, 2021

시몬 베유,《일리아스 또는 힘의 시》, 이종영 옮김, 리시올, 2021

아룬다티 로이,《작은 것들의 신》, 박찬원 옮김, 문학동네, 2016

아룬다티 로이,《지복의 성자》, 민승남 옮김, 문학동네, 2020

안도현,《백석 평전》, 다산책방, 2014

앙카 멀스타인,《발자크의 식탁》, 김연 옮김, 이야기나무, 2016

애거서 크리스티,《그리고 아무도 없었다》, 김남주 옮김, 황금가지, 2013

애거서 크리스티,《커튼》, 공보경 옮김, 황금가지, 2015

애거서 크리스티, 《오리엔트 특급 살인》, 신영희 옮김, 황금가지, 2013

에밀리 브론테, 《워더링 하이츠》, 유명숙 옮김, 을유문화사, 2010

윌리엄 셰익스피어, 《오셀로》, 권오숙 옮김, 열린책들, 2011

이디스 워튼, 《여름》, 김욱동 옮김, 민음사, 2020

자크 프레베르, 《절망이 벤치에 앉아 있다》, 김화영 옮김, 민음사, 2017

제인 오스틴, 《오만과 편견》, 고정아 옮김, 시공사, 2016

제인 오스틴, 《오만과 편견》, 류경희 옮김, 문학동네, 2017

제인 오스틴, 《오만과 편견》, 윤지관, 전승희 옮김, 민음사, 2003

제임스 설터, 《어젯밤》, 박상미 옮김, 마음산책, 2010

조르주 페렉, 《사물들》, 김명숙 옮김, 웅진지식하우스, 2024

존 딕슨 카, 《황제의 코담뱃갑》, 이동윤 옮김, 엘릭시르, 2014

존 버거, 《다른 방식으로 보기》, 최민 옮김, 열화당, 2012

지그문트 바우만, 《소비하는 삶, 소비되는 삶》, 궁선영 옮김, 2024

F. 스콧 피츠제럴드, 《위대한 개츠비》, 김석희 옮김, 열림원, 2023

F. 스콧 피츠제럴드, 《위대한 개츠비》, 김영하 옮김, 문학동네, 2025

F. 스콧 피츠제럴드, 《위대한 개츠비》, 김욱동 옮김, 민음사, 2003

허먼 멜빌, 《모비딕》, 강수정 옮김, 열린책들, 2013

헤르만 헤세, 《데미안》, 전영애 옮김, 민음사, 2000

헨리 데이비드 소로, 《월든》, 김석희 옮김, 열림원, 2017

오래된 세계의 농담

1판 1쇄 발행 2026년 2월 3일
1판 3쇄 발행 2026년 3월 16일

지은이 이다혜
발행인 박현진

본부장 김태형
책임편집 박지수
책임마케팅 이유림
오리지널사업팀 이지향, 고혜원, 김가연, 이민해, 이유진, 전강산, 한미리
디자인 형태와내용사이
제작 세걸음

펴낸 곳 (주)kt 밀리의서재
출판등록 2017년 1월 5일(제2017-000008호)
주소 서울특별시 마포구 양화로45, 18층(서교동 메세나폴리스 세아타워)
메일 contents@millie.town
홈페이지 http://www.millie.co.kr
ISBN 979-11-6908-652-3 (03810)